서핑, 별게 다 행복

서핑, 별게 다 행복

내일은
내일의
파도가
온다

박수진
지음

샘터

나의 블루껌, 바다

몇 해간 무척 고생스러운 날들을 보냈다. 힘들다는 말을 되도록 쓰지 않으려고 하지만… 아무튼 적잖이 힘들었다. 2022년 연초에는 갑자기 조증이 찾아와 당장 입원해야 할 정도로 아팠고, 그해 연말에는 운영하고 있는 책방의 계약 문제로 마음이 시끄러웠다. 운 좋게 잘 피해 가던 코로나도 두 번이나 찾아왔다. 가뜩이나 컨디션이 좋지 않을 때, 기다렸다는 듯이 불쑥.

요행과는 대체로 거리가 먼 나는 코로나도 꽤 정직하고 성실하게 앓았다. 처음에는 단순 몸살인가 했다. 근데 압정이 튀어나올 듯한 기침이 나오는 걸 보고 바로 알았다. 이건 절대로 쉽게 지나갈 몸살이 아니라는 걸. 하필 또 금요일 저녁부터 아파서, 병세가 가장 심했던 주말을 타이레놀 한 알 없이 버텨 내고 월요일이 되어서야 보건소에 갈 수 있었다.

확진 소식을 알리려 엄마에게 전화를 걸었다. 부모님 역시 호되게 고생했던 코로나 경력자이기에, 단숨에 남해까지 내려오겠다고 했다가 잠시 후 말을 바꿨다. 미안한데 아직 확진되지 않은 동생이 마음에 걸려 가기는 어려울 것 같으니 대신 반찬을 보내겠다고. 평소라면 그럴 수 있다고 이해하고 넘겼을 일인데, 아프니까 그게 참 서러웠다. 급히 전화를 끊고 엉엉 소리 내 울었다.

별수 없이 혼자만의 격리가 시작됐다. 입맛은 없는데 밥은 먹어야 하고, 도무지 일어날 힘은 없고, 졸리기만 한데 고양이 밥도 주고 똥도 치워야 하고. 먹고 자고 싸고 치우는 일이 모두 고역이었다.

몸만 힘들었으면 다행인데, 마음의 힘듦도 곧 따라왔다. 이제까지 영위해 오던 일상이 버거워지니 스스로가 하찮고 한심하게 느껴졌다. 격리 중에도 세상은 당연히 잘만 돌아가고 있었고, 나는 왜 이럴 때 의지할 사람이 없나, 상처를 치료해 줄 사람 어디 없나… 오래된 힙합 노래의 제목처럼 외톨이가 된 기분이었다. 혼자인 게 정말 지긋지긋했다. 이럴 거면 남해에 왜 왔나. 여기서 더 이상 무엇을 기대할 수 있지? 꼬리에 꼬리를 무는 생각의 끝에는 남해를 떠난다는 선택지가 웰컴 피켓을 들고 마중 나와 있었다.

어차피 떠날 마당에 그동안 계속 미뤄 왔던 서핑이나 배워 보자 했다. 그렇게 남해 생활 6년 만에 처음으로 송정 바다에 뛰어들었다. 그날은 호수처럼 잔잔한 파도만 있었는데, 선생님이 뒤에서 힘껏 밀어 주니 제법 속도가 났다. 일어나기도 몇 번 성공했다. 비수기라 강습생 하나에 선생님 둘이 달라붙어 인생 사진도 찍어 주셨다. 나중에 받은 사진을 보니 내가 아이처럼 활짝 미소 짓고 있었다. 먹고살 걱정도 코로나도 전혀 모르겠다는 얼굴로. 그날을 기점으로 서핑에 빠져 허우적대는 날이 시작됐다.

평소 아침잠이 많은 내가 요즘은 알람이 울리기도 전에 번쩍 눈이 떠진다. 곧장 휴대전화를 집어 들고서 파도 차트를 확인한다. 파도가 있는 날이면 간단한 먹거리를 챙겨 부랴부랴 집을 나선다. 수영복과 슬리퍼,

모자와 선크림은 항상 차에 준비되어 있다.

파도가 좋은 날은 해 뜰 때부터 해 질 때까지 종일 물속에서 산다(이것을 전문 용어로 '물박'이라 한다). 크고 작은 파도를 타기 위해 손과 발이 까매지는 것도 잊고, 연거푸 덮쳐 오는 파도에 짠물을 들이켜고 뺨따귀를 맞아도 꾸역꾸역 다시 바다 안으로 들어간다.

넷플릭스 다큐멘터리 〈작전명 서핑〉에는 퇴역 군인들이 서핑하는 이야기가 나온다. 다리를 잃고, 청력을 잃고, 잠을 잃어 PTSD에 시달리는 사람들이 서핑을 배운다. 처음부터 끝까지 감동적이었는데, 특히 마지막에 나오는 대사들이 마음에 깊게 남았다.

"현재가 과거를 넘어서면 강력한 힘을 가지죠. 파도를 타고 나면 인생이 달라졌음을 깨달아요." (윌러스 J. 니콜스, 《블루마인드》 작가)

"퇴역 군인이 서핑에 빠지면 내일 파도는 어떨지 궁금해하기 시작해요. 내일 파도를 궁금해하는 사람은 오늘 자살할 생각을 안 하죠." (보비 레인, 해병대 퇴역 군인)

요즘의 나 역시 자기 전 먹는 리튬 300mg 두 알보다 서핑에 더 많은 의지를 하고 있다. 보드를 가지고 물속에 들어가면 "아, 살 것 같다" 소리가 절로 나오니 말이다. 아가미도 없는데 숨 쉴 구멍이 활짝 열리는 느낌이랄까(그렇다고 약 복용을 마음대로 빼먹는다는 것은 절대 아니다).

　서핑이 뭐가 그렇게 좋냐고 물어 오면, 아직도 명확하게 설명하기 어렵다. 그래도 확실한 한 가지는, 적어도 물 위에서는 모든 걱정을 잠시 잊을 수 있다는 것이다. 생각을 비우고 몸을 움직이며 몸과 마음 구석구석 씻고 다시 태어난다.

　남해에서 산 지 8년 차가 된 지금에서야 온전하게 자리 잡았다는 생각이 든다. 숨 쉴 구멍을 만들어 주는 서핑이 삶에 들어오고 나서야 겨우 안정감이 생겼다. 책방과 고양이로 대두되는 일과 일상 그리고 서핑. 이 세 가지의 균형을 잘 유지하며 앞으로 나아가고 싶다.

　아직도 바다에 들어갈 때면 매번 처음인 것처럼 긴

장하고 헤매는 초보 서퍼지만, 넓고 깊은 나의 블루짐, 바다에서 더 많은 사람과 함께 서핑할 수 있기를 바라며 이 글을 썼다.

차례

1 서프보드

보드 한 장의 행복

ㄹ 파도

서퍼의 눈으로 보는 바다

3

언제 어디서나 서퍼로 사는 기술

서핑 준비물

서프보드, 파도 그리고 내 몸. 서핑은 이 세 가지 요소가
하나 되어 즐기는 스포츠다. 기본적으로 바다에서 즐기는
스포츠이므로 계절과 날씨에 따라 준비물이 조금씩 달라진다.
공통으로 필요한 준비물을 정리하면 다음과 같다.

웻슈트(3mm)

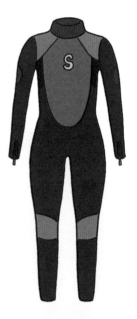

네오프렌 소재의 워터 스포츠용
슈트로, 체온을 유지해 주고 부상도
예방해 준다. 봄, 가을 수온이 의외로
낮기 때문에 한여름을 제외하고는
웻슈트를 입는 게 좋다. 서핑숍에서
렌탈이 가능하며, 입문 강습 비용에
렌탈이 포함되어 있으므로 따로
구매하지 않아도 된다.
3mm는 늦봄부터 여름, 초가을까지
강습 받을 때 주로 입는 슈트의
두께이다. 2mm의 얇은 한여름용
슈트부터 기모로 된 4~5mm의 두툼한
한겨울용 슈트까지 두께가 다양하다.
또한 모양에 따라 스프링 슈트(전신
슈트에서 하반신이 반바지인 형태)나
롱존/롱제인(전신 슈트에서 상반신이
민소매인 형태)으로 분류되기도 한다.

수영복 또는 래시가드

슈트 안에 이너로 입으면 좋다.
한여름에는 슈트 없이 수영복이나
래시가드를 입고 서핑을 즐기기도
한다. 요즘은 소재와 디자인에 따라
종류도 많은데, 신축성과 복원력이
우수한 트리코트, 자외선 차단 기능이
있어 레저 활동 시 햇빛으로부터
피부를 보호해 주는 UFP 50+,
친환경 등 다양한 소재로 만들어진
제품들이 출시되고 있다.

선크림

물놀이 필수품이지만,
평소 쓰는 선크림만 바르고
입수하면 바닷물에 다 씻겨
나가니 내수성이 뛰어난
수상 스포츠용을 사용하자.
스틱형이나 캔에 들어 있는
고체형 제품을 추천한다.
세안이 번거롭지만 그만큼
효과적이다.

세면도구와 수건

대부분의 서핑숍에 샤워 시설과 기본
세면도구(샴푸, 린스, 바디워시, 수건)가
갖춰져 있지만, 간혹 그렇지 않은 경우도
있으므로 제공 물품을 잘 살펴본 후 따로
필요한 물품이 있으면 개인적으로 챙기는
것이 좋다.

모자

선크림을 발라도 여름에는 많이 타기 때문에 모자를 함께 써 주면 좋다. 벗겨지지 않도록 고정 끈이 있는 '서프 햇'이면 베스트(고정 끈이 없으면 파도에 휩쓸려 잃어버리기 쉽다). 비가 올 때는 시야를 보호하는 역할도 한다.

물과 간단한 간식거리

모든 물놀이가 그렇듯 서핑 역시 생각보다 체력 소모가 빠른 편이다. 게다가 파도에 따라 바닷물을 많이(?) 먹게 될 수도 있으니, 쉽게 지치지 않으려면 마실 물과 에너지바 같은 간식거리를 챙겨 가도록 하자!

서핑 기본 가이드

수많은 서핑 용어가 있지만,
여기에서는 서핑을 처음 배울 때 접하게 되는
아주 기본적인 용어와 꼭 알고 있어야 하는
규칙(에티켓)에 대해서만 설명하고 넘어가려고 한다.

보드 명칭

노즈Nose
보드의 가장 앞부분

레일Rail
보드의 양옆

데크Deck
보드의 윗면

테일Tail
보드의 가장 끝부분

바텀Bottom
보드의 핀이 붙어 있는
아랫면

핀Fin
바텀 끝부분에 부착하는
지느러미 모양의 판.
보드를 컨트롤 해 주는
방향키 같은 역할

스트링거Stringer
보드가 뒤틀리거나
구부러지는 것을
방지하기 위한 중심 뼈대

리쉬Leash
보드와 서퍼를 연결하는 끈

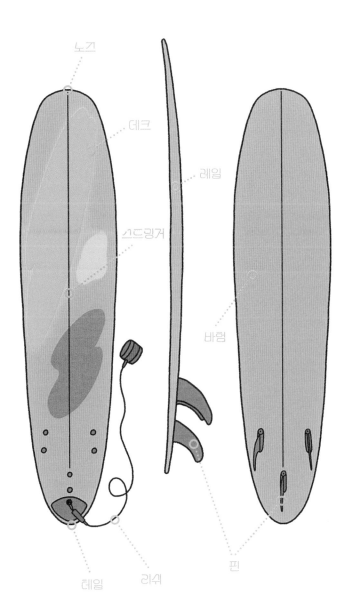

노끼

데크

레일

스드링거

바텀

핀

레일

리쉬

핀

기본 동작

패들링Paddling

보드 위에 엎드려서
양손으로 물을 저어
앞으로 나아가는 동작

푸시업Push up

체스트업Chest up이라고도 함.
양팔을 허리 부근(옆구리)에
붙이고 보드를 밀면서 상체를
일으키는 동작

스탠드업Stand up

푸시업 상태에서
두 다리를 상체 가까이
끌어오면서
일어나는 동작

서퍼들의 에티켓

- 피크(파도의 꼭대기. 가장 먼저 깨지는 부분) 가장 가까이에서 그 파도를 먼저 잡는 서퍼에게 우선권이 주어진다.

- 한 파도에는 한 명의 서퍼만 타야 한다. 양방향으로 부서지는 파도(A 프레임)인 경우 최대 두 명까지 탈 수 있다(합의하에 여럿이서 파도를 타는 장면이 국내에서는 꽤 자주 연출되긴 한다).

- 위 규칙을 숙지하고 있음에도 불구하고, 그러니까 완전히 초보가 아니면서도 먼저 파도를 잡은 서퍼의 진행을 방해하며 파도를 잡으면 반칙(정식 용어는 '드롭 인'이나 '드랍'으로 많이 부른다)이 된다. 그러니 테이크 오프를 할 때 나보다 먼저 파도를 잡은 사람은 없는지 반드시 주변을 살펴야 한다.

- 만약 누군가가 나를 향해 "저 가요!" "헤이!" 등을 외친다면, 그건 내가 그 사람의 진로를 방해하고 있다는 뜻이다. 혹시 운 좋게 파도를 잡았다면 드랍을 한 셈이니 "죄송합니다" 하고 사과의 뜻을 꼭 전하자.

- 나뿐만이 아니라 바다 위에 함께 떠 있는 다른 서퍼들에게도 파도 하나하나가 소중하다. 모두가 배려하는 마음으로 서핑을 즐기면 좋겠다.

서핑숍 이용법

1. 서핑숍 사전 예약하기

바다에 나가 있을 때는 휴대전화를 자주 확인하기 어렵기 때문에 대부분의 서핑숍에서는 예약제로 강습을 운영한다. 서핑을 배우고 싶은 스폿을 정했다면, 포털 사이트와 SNS 등을 통해 강습을 듣고자 하는 서핑숍을 찾아본 후 사전에 예약을 해야 한다. 내가 가려는 날짜에 파도 상황이 어떤지 알고 싶다면 일주일 전쯤 미리 숍에 연락해 보기를!

2. 서핑숍 구비 물품 확인 및 준비물 챙기기

앞서 설명했듯이 서핑숍마다 구비되어 있는 물품이 조금씩 다를 수 있다. 개인 세면도구 등 따로 챙겨야 하는 물품은 없는지 잘 확인하고 짐을 챙기자.

3. 이용 시간 30분 전 도착하기

서핑 강습 예약을 했다면 보통 사전 안내를 받을 텐데, 적어도 강습 시작 30분 전에는 서핑숍에 도착해야 한다. 초보일수록 슈트를 갈아입고 선크림을 바르고 준비하는 데 시간이 오래 걸리기 때문. 단체 강습이라면 인원수를 고려해 더 넉넉하게 여유 시간을 확보하도록 하자.

4. 안전 서약서 동의하기

안전 서약서에 동의하면, 그때부터는 본인 부주의로
발생하는 안전사고는 본인이 책임을 져야 한다. 조류 심한
곳 가지 말아라, 바위 조심해라 등 해당 스폿에서 주의해야
할 점이 있다면 분명 강사님이 알려 주실 것이니 흘리지
말고 집중해서 잘 듣자.

5. 이론 교육 및 준비 운동하기

이론 교육은 안전과 직결된 부분이기도 하니 주의 깊게 잘
듣자. 부상 방지를 위해 준비 운동과 자세 연습도 충분히
한 후에 바다에 입수할 것!

6. 강습 후 슈트와 리쉬는 잘 헹구어 반납하기

서핑숍에는 대부분 야외 수전이 있다. 서핑을 마쳤다면 필시
모래가 잔뜩 묻어 있을 테니 몸에 묻은 모래를 잘 씻어 내고
건물 안으로 들어가도록 하자. 사용한 슈트와 리쉬는 물로
잘 헹구어 반납하면 끝! 선생님이 어디서 이렇게 잘 배워
왔냐고 물어보면 이 책 제목을 말하도록 하자.

국내 서핑 성지

국내에서도 서핑을 즐기는 사람들이
점차 늘어나면서 많은 서핑 스폿이 주목받고 있다.
개인적인 기준에서 서핑 성지 몇 군데를 꼽아 보았다.

서핑하기 좋은 스폿

서핑 레벨

초급   중급   고급

양양(죽도)

물치, 설악, 기사문, 동산, 갯마을, 남애 3리
등 대부분의 스폿이 워낙에 잘 알려져 있지만,
역시 가장 유명한 스폿은 '죽도'가 아닐까.
동스웰(동쪽에서 들어오는 파도)을 받는
양양은 여름을 제외하면 대부분
파도가 좋다. 수도권과 가까워
사람들이 많이 몰리는 편이지만
실력에 따라 알맞은 스폿을
고를 수 있다는, 즉 선택지가
넓다는 장점이 있다.

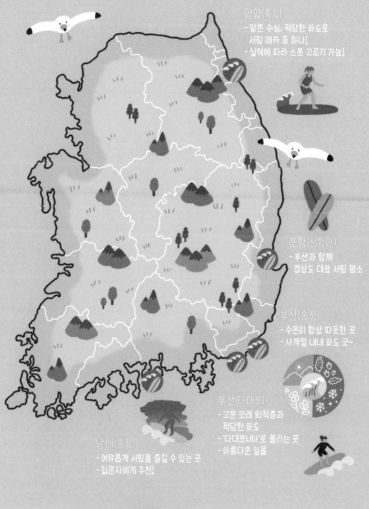

양양(죽도)
- 얕은 수심, 적당한 파도로
  서핑 메카 중 하나!
- 실력에 따라 스폿 고르기 가능!

포항(신항만)
- 부산과 함께
  경상도 대표 서핑 명소

부산(송정)
- 수온이 항상 따뜻한 곳
- 사계절 내내 파도 굿~

부산(다대포)
- 고운 모래 퇴적층과
  적당한 파도
- '다대포니아'로 불리는 곳
- 아름다운 일몰

남해(송정)
- 여유롭게 서핑을 즐길 수 있는 곳
- 입문자에게 추천!

제주(중문)
- 해외 못지않은 최상의 파도
- 이국적인 해안 풍경

포항(신항만)

부산과 함께 경상도 대표 서핑 스폿으로 꼽힌다.
비치 브레이크(바다 바닥이 모래로 된 곳)에도 불구하고
일정하게 질 좋은 파도가 들어온다.
남쪽에서 거의 유일하게 동스웰을
잘 받는 곳이라서 트립으로 많이
찾는다. 신항만은 숏보드 존과
롱보드 존이 나뉘어 있으므로
유의할 것!

부산(송정, 다대포)

송정의 경우 남스웰(남쪽에서 들어오는 파도),
동스웰을 다 받아서 사계절 언제나 파도가 자주 들어온다.
실력에 상관없이 누구나 즐겁게 타는 곳이라 항상
사람이 많다. 다대포의 경우 '롱보더의 성지'라고도
불린다. 1년 중 한 손가락에 꼽을
정도지만 질 좋은 파도가 들어와
'다대포니아'(다대포+캘리포니아)라는
별명이 있다. 라인업이 매우 매우
멀고 조류가 심해 중급자 이상
추천하는 스폿.

남해(송정)

남스웰을 받아 여름 휴가철 초보들이
즐길 수 있는 파도가 들어온다.
라인업에 사람이 적어 경쟁하지
않고 편안하게 서핑을 즐길 수
있어서 입문자에게 추천하는 곳!

제주(중문)

'제주' 하면 1순위로 떠오르는 서핑 스폿으로,
언제나 서퍼들로 붐빈다. 비치 브레이크와
리프(돌과 산호)가 있는 듀크 포인트가
나뉘어 있는데, 파도의 파워가 좋고
조류도 심한 편이라 중문 역시
중급자 이상 추천하는 스폿.

이 밖에도 고성 천진, 강릉 금진, 동해 대진, 영덕
부흥, 거제 흥남, 고흥 남열, 태안 만리포, 제주
월정 등 아주 많은 서핑 스폿이 있다. 또한 경기도
시흥에는 인공 파도를 즐길 수 있는 웨이브
파크도 있다.

1
서프보드

보드 한 장의 행복

리쉬

새핑이 발목을 불갑았다

'그럼 남해에서 서핑 조금 더 하지 뭐.'

2022년 겨울, 다가오는 책방 임대차 계약 만료를 앞두고 남해 탈출이 요원해졌을 때 가장 먼저 떠오른 생각이었다. 사실대로 고백하자면, 연초부터 책방을 그만두고 남해도 떠날 마음을 품고 있었다. 작은 시골에서 책만 팔아서 5년이나 버텼으면 충분하다고 생각했다.

책방에 들어설 때부터 "구경 좀 할게요~" 하는 손님들이 많아지니 매출만으로 생계를 유지하기는 갈수록 어려웠다. 더 이상 소진될 에너지도 없고 좁디좁은 남해 생활도 지긋지긋했다. 좀 더 서핑하기 좋은 곳으로 가려고 인터넷에 양양이나 제주의 집 시세를 검색해 보기도 했다. 남해와 천지 차이인 가격에 화들짝 놀라 곧바로 창을 꺼 버리고 말았지만.

그해 10월 31일, "영업 종료 안내문을 써 붙이니 비로소 실감이 난다"며 장문의 글을 SNS에 올렸다. 분명 영영 떠나는 것처럼 고맙다고 인사하고 눈물 콧물쏙 빼며 할 거 다 했는데… 그런 일이 있었나 싶게 재계약하고 두 달 만에 책방을 다시 열게 되자 어쩐지 조금 쑥스러웠다.

계획대로 되는 인생은 없다는 걸 절절히 깨우치는 시간이었다. 감사하게도 그 시간은 결국 내가 아직도 책방을, 그리고 남해를 얼마나 사랑하는지 다시금 확인하는 일이 되었다. 떠날 수 없다면 여기서 더 즐기자는 생각으로, 짧은 시간에 마음을 바꾸기는 오히려 쉬웠다. 아이러니하게도 '올해가 마지막이니까 더 이상 미루지 말자'며 배웠던 서핑이 날 붙잡아 주었다.

난생처음 서핑을 배운 날이 아직도 생생하다. 5월 초 남해 송정솔바람해변, 비수기의 평일이었다. 그날은 강습생이 나뿐이라 일대일로 체험 강습이 이뤄졌다. 지상에서 패들(파도를 잡기 위해 양팔을 휘젓는 동작)과 테이크 오프(보드 위에서 일어서는 동작)를

연습하고, 간단한 스트레칭을 한 뒤 입수했다.

"패들, 패들, 더 빨리, 패들!! 어-업Up!"

몇 차례의 시도 끝에 가까스로 일어나기에 성공했다. 보드의 속도가 빨라질 때 강사님의 구령에 맞춰 테이크 오프를 하면 순식간에 전혀 다른 세상이 펼쳐진다. 하늘을 나는 새가 바로 이런 기분일까? 바람을 가르며 파도 위를 활공하는 기분. 온 우주가 나를 뒤에서 밀어 주는 느낌. 첫 뽕뿅(마약 아님)을 성험한 순간이었다. 정신을 차려 보니 단숨에 뭍이었고, 무엇에 홀리기라도 한 듯 멍한 채로 다시 강사님 앞에 섰다. 그 후로 시간이 어떻게 흘러 갔는지는 잘 알지 못한다.

서핑을 배울 때 가장 처음 하게 되는 일이 바로 리쉬를 묶는 것이다. '리쉬'는 서프보드와 내 몸을 연결하는 끈으로, 보통 발목이나 무릎에 착용한다. 보드가 저 멀리 날아가거나 잃어버리지 않도록 도와주고, 파도에 휩쓸렸을 때 재빨리 보드를 잡아당겨 물 위로 올라올 수 있도록 해 주는 생명줄이기도 하다. 생애 가장 뜨거웠던 여름을 보내고 정신을 차렸을 땐, 서핑이 내 발목에 아주 단단히 리쉬를 채웠다는 사실만이 남았다.

스펀지 보드

드디어 내 자리를 찾았다

두 시간을 꽉 채워 서핑하고 기진맥진 집에 오니 서핑숍에서 찍어 준 사진이 도착해 있었다. 어쩐지 생소했다. 자세는 엉거주춤 엉망이어도 영혼만큼은 이미 서퍼인, 한 번도 본 적 없는 아이가 천진난만하게 웃고 있는 게 아닌가. 원래도 피부가 까만 편인 내가 더 새까매진 채로 말이다. 남해에서 지낸 근 몇 년을 통틀어 보아도 가장 맑은 웃음이었다.

서핑이 좋아진 데는 여러 이유가 있지만 무엇보다도 보드와 파도와 나, 최소한의 도구와 자신의 힘만으로 자연에 순응하며 함께하는 스포츠라는 점에 완전히 매료되었다. 곰곰이 생각해 보니 이날을 위해 남몰래 준비라도 해 왔나 싶을 정도로 신기했다. 우선 나는 남해에 살고 있고, 집에서 서핑 포인트까지 차로 20분 정도면 갈 수 있었다. 서핑하기에 천혜의 환경을 가졌다는 걸 깨닫는 데 비록 6년이나 걸렸지만, 떠나기 전에 알게 되어서 천만다행이라고 생각한다.

수영을 할 줄 아는 것도 서핑 친화적 장점이었는데, 물을 무서워하지 않는 성정이 큰 도움이 되었다(물론 수영을 못해도 서핑은 충분히 할 수 있다는 걸 명심해 주세요, 여러분~). 오래전 스노보드를 타러 갔다가 슬로프를 뒹굴며 엉덩방아를 찧고, 무릎을 제물로 바쳤던 기억을 떠올려 보면 파도에 휩쓸려 넝구는 일은 비교적 덜 무섭고 어딘가 개운하게 느껴지기까지 했다. 비치 판초나 서프 햇 같은, 알게 모르게 이미 가지고 있는 서핑 아이템도 꽤 있었다. 훗, 이런 걸 바로 준비된 인재라고 하는 건가? 나중에 들어 보니 서핑숍 친구들이 나를 처음 봤을 때 '피부색도 그렇고, 탈색된 머리도 그렇고, 누가 봐도 10년 차 서퍼인 줄 알았다'고 한다. 참말이지 나에게 딱 맞는 물을 만난 셈이다.

첫 강습 당시 엉겁결에 계획된 양양 여행이 코앞으로 다가온 상황이었다. 양양이 어딘가. 서핑을 안 하는 사람들도 다 아는 국내 서핑 성지가 아닌가. 이 이야기를 들은 강사님이 급발진하더니 남해를 대표(?)하는 마음으로 가라며, 자신의 노하우를 전수하기 시작했다. 잠시만요, 선생님? 저 오늘이 난생처음 서핑인데요?

파도를 고르는 법, 타이밍에 맞춰 패들 하는 법, 상체를 이용하는 법 등등. 서핑 3년 차가 된 지금도 겨우 할까 말까 하는 기술의 이론을 그때 다 들은 것 같다. 입력 용량을 초과해 어안이 벙벙해 있는 내게 강사님은 칭찬 세례를 쏟아부으며 파도 하나라도 더 타고 가라 다독였다. 처음인데 이 정도면 정말 잘 타는 거라는 강사님의 말을 곧이곧대로 믿은 탓에, 두 번째 입수 전까지 나는 정말로 내가 서핑에 재능이 있는 줄로만 알았다. 안타깝게도….

갓 서핑에 입문한 초보자에게 동해의 파도는 너무나 가혹했다. 무릎 높이 정도의 파도였는데도 보드는 자꾸만 중심을 잃고 흔들렸고, 거친 물 따귀가 계속되었다. 동해 바닷물을 풀코스로 배불리 먹고 돌아와 이대로는 안 되겠다 싶어 바로 시즌권을 끊었다.

다시 남해 바다에 입수해 보니 확연한 차이가 보였다. 동해와 남해의 파도 차이도 있었으나 보드 자체가 달랐다. 동해에서 방문했던 서핑숍에서도 남해와 마찬가지로 입문용 보드인 스펀지 보드를 빌렸기에 같은 보드인 줄로만 알았는데, 남해의 보드가 더 크고 부력이 좋아서 안정감이 있었던 것이다. 이제는 친구가 된 서핑숍 스태프들이 남해의 스펀지 보드를 '누구나 일어날 수 있는 마법의 보드'라고 칭하는 것도 나중에야 알았다. 나는 그 '누구나' 중 한 명이었을 뿐이고, 재능은 내가 아니라 스펀지 보드에게 있는 것이었다.

그래도 실망은 잠시뿐. 큰 만큼 안전하고 편안한 보드 위에서 나는 부드러운 남해의 파도를 스스로 잡아서 탈 수 있었고, 곧 자신감과 위안을 얻었다. 역시 마법의 남해 보드, 최고야! 내가 있을 곳은 바로 여기야! 드디어 내 자리를 찾았다는 확신이 왔다.

서핑은 고대 폴리네시아(하와이를 포함해 태평양 동부에 흩어져 있는 천여 개 섬들의 집단) 사람들이 나무판자를 타고 바다로 나가 파도를 탔던 것에서 시작되었다고 한다. 이것이 그들의 생계를 위한 수단이었는지, 아니면 본능을 자극하는 놀이였는지는 의견이 다소 분분하나, 역사적 자료를 조금만 살펴봐도 그들의 몸짓과 표정에서 순수한 기쁨의 에너지가 느껴진다.

좁고 기다란 판자 위에 앉아 둥둥 떠다니는 것만으로도 이렇게 행복해질 수 있다니, 때때로 인생은 싱거울 정도로 참 쉽지 않은지.

슈트 🐚
슈트와의 갱갱

똑똑. 이른 아침 들려오는 인기척에는 보통 자동반사적으로 눈살이 찌푸려지기 마련인데, 오늘만큼은 예외다. 해외 직구로 산 겨울용 서핑 슈트가 오는 날이기 때문이다. 내 집만큼 자주 드나들던 서핑숍도 10월 9일을 마지막으로 시즌 오프를 했다. 그래도 서퍼라면 겨울 파도를 놓칠 수는 없지. 입문 첫해, 가물에 콩 나듯 겨울 서핑 맛만 보다가 다음 해 여름 '더 비루해질 것도 없다' 생각하던 실력이 말짱 도루묵이 된 경험이 있기에 큰맘 먹고 개인 슈트를 장만했다. 입을 때는 더 큰 마음을 먹어야 한다는 것을, 그때까지도 미처 알지 못했다.

열흘 넘게 기다려 받아 본 슈트는 봄여름에 입던 것보다 두 배 가까이 두툼했다. 등이 아닌 가슴에 지퍼가 있는 방식이라 입기도 더 까다로웠다. 속옷만 걸친

채 목을 넣는 곳으로 다리부터 엉덩이까지, 그야말로 온몸을 욱여넣으면서 30분 가까이 홀로 분투했다. 두꺼워서 손끝에 잘 잡히지도 않는데 행여 손톱자국이라도 날까 팍팍 잡아당기지도 못해서 비닐장갑을 끼고 조심조심 입는 사이, 온몸에서 땀이 났다. 결국 창고행을 기다리고 있던 선풍기를 다시 가져와 틀어 놓고도 한참이 지나서야 가까스로 지퍼를 잠글 수 있었다. 이거 몇 번이나 입으려나. 나 잘 산 거 맞겠지? 역시 여름이 좋았어….

　서핑을 시작한 후로 여름을 더 갈망하게 되었다. 물론 서핑을 여름에만 할 수 있는 건 아니다. 봄, 가을, 심지어 겨울에도 할 수 있으나 여름을 제외하고는 수온이 낮아서 반드시 슈트를 입어야 한다. 그러니까 여름이 온다는 것은, 서퍼에게는 다른 계절보다 조금 더 특별한 의미가 있다. 사계절이 뚜렷한 우리나라에서 '서핑=물놀이=여름'이라는 공식이 자연스럽게 연상되어서이기도 하지만, 입을 때도 벗을 때도 한참을 씨름해야 하는, 고마운 것은 분명하나 답답한 이 슈트를

벗을 수 있다는 뜻이기 때문이다.

답답한 슈트를 벗고 나면 패들링도 더 잘될 것만 같고, 파도도 더 많이 잡을 수 있을 것만 같다. 생각만 그렇다고 해도 상관없다. 추운 물속이 아니라 시원한 물속에서 둥둥 떠 있는 기분 좋은 느낌, 가볍고 자유롭게 몸을 움직여서 하는 서핑은 여름에만 가능하니까 그것으로 충분하다.

여름에는 다양한 복장의 서퍼들을 보는 것도 재미있다. 열이 많은 사람은 수영복이나 보드숏 한 장만 걸치고 서핑하기도 하고, 살갗이 타거나 혹시 모를 부상이 걱정되는 사람은 얇은 슈트라도 꼭 걸친다. 나의 경우 여름철에 쇼츠를 입고 서핑한 적이 한 번 있었는데, 맨 살갗이 보드에 계속 닿아 쓰라리고 무릎에도 멍이 들어 신경 쓰였던 기억이 있다. 선배 서퍼들의 조언에 따라 바셀린을 충분히 발랐는데도 별 소용이 없었다. 그 후엔 한여름에도 무조건 온몸을 가리는 래시가드와 워터 레깅스를 착용하게 되었다.

별난 고집일 수도 있지만, 실력이 뒷받침되지 않으

면서 복장만 신경 쓰는 것은 겉멋을 부리는 듯 느껴져
조금 쑥스럽다. 솔직히 아직은 슈트가 더 안전하고 편
안해서 그렇기도 하고. 그래도 언젠가 비키니만 입고
멋지게 물살을 가르는 모습을 상상해 본다. 머리가 하
얗게 센 할머니가 될 때까지 서핑을 즐긴다면 더 멋지
지 않을까. 그때쯤이면 나의 서핑 실력도 조금은 늘어
있지 않을까 기대하며, 오늘도 슈트와 한판 대결이다.

새핑 포인트

고향 같은 바다, 송갱솔바람해변

1년 대부분의 날, 남해 바다는 조용하다. 바람이 불지 않는 날은 파도 한 점 없이 잔잔해서 커다란 호수 같다고 느껴질 때도 있는데, 사실 이 표현도 반은 맞고 반은 틀렸다. 오래전 몽골을 여행할 때 '홉스굴'이라는 정말 커다란 호수를 찾아간 적이 있는데 호수에도 파도가 친다는 걸 그때 눈으로 직접 확인했기 때문이다.

　호수보다 더 잔잔한 바다가 있는 남해에서 서핑을 할 만한 파도가 들어오는 곳은 '송정솔바람해변'이 유일하다. 실시간으로 파도를 확인할 수 있는 CCTV도 달리지 않은 청정 지역이라 남해에 서핑 포인트가 있다는 걸 아직 모르는 사람이 더 많을 테다. 나 역시 처음 남해에 왔을 때만 해도 서핑은 부산 송정에서만 할 수 있는 줄 알고 있었으니까. 시골의 근린생활시설이

으레 그렇듯 서핑숍도 당연히 한 곳뿐이다. 그야말로 유일무이하다.

첫 강습에서 물뽕을 제대로 맞고 시즌권을 결제하고 나니, 그해 시즌 오프 때까지 보드와 슈트를 무제한으로 렌탈할 수 있었다. 물론 샤워도 공짜! 무서운 것이 없어진 나는 곧 서핑숍을 내 집처럼 드나들게 되었다. 실제로 입문한 첫해의 7, 8월에는 집에서 잔 날보다 서핑숍에 딸린 게스트하우스에서 잔 날이 더 많았다. '선생님'이라고 불렀던 강습 스태프들과는 어느새 서로 편하게 부르게 되었고, 다소 거칠어 보이던 외모의 사장님은 '쌤~'이라고 조금 더 친근하게 부를 수 있었다. 친구들과 술잔을 부딪치는 횟수가 늘어 갈수록 서핑숍은 진짜로 제2의 집이 되었다.

귀엽고 하찮은 횟수의 경험이지만, 친구들을 따라 거제, 부산, 포항, 양양 등 몇 번의 서핑 트립도 다녀왔다. 파도가 고파서 또는 술이 고파서, 그냥 옆 동네 친구들이 보고파서. 시답잖은 이유로 떠난 트립은 얼마 안 가 내게는 '송정이 최고의 서핑 포인트'라는 깨달음을 준 계기가 되었다.

파도에 영향을 주는 수많은 요소 중 하나가 '지형'이다. 바닥이 모래인 비치 브레이크일 경우 파도가 부드럽게 들어와 초급자가 서핑을 즐길 수 있는 반면, 바닥에 리프가 있을 경우 빠르고 힘 좋은 파도가 들어와 중·상급자가 즐기기에 적합하다. 송정에는 리프가 없기 때문에 대체로 파도가 말랑말랑하고 부드럽다. 우리끼리는 좀체 올라오지 않는 장판 파도(파도가 거의 없는 플랫한 상태)를 보고 파도가 썩었다며 볼멘소리를 종종 하지만, 초급자들이 안전하게 연습하고 즐기기에 이만한 곳이 없다.

무엇보다도 라인업 경쟁이 심하지 않아서 마음이 편안하다. 내게는 송정이 첫 서핑 포인트였기에 트립을 가기 전까지 '라인업에서 경쟁을 왜…?' 하는 순진한 생각을 했다. 그러다 라인업에 사람이 많을 때 한 파도에 대여섯 명씩 달라붙어 경쟁하는 걸 보고 적잖은 충격을 받았다. 송정에서는 하나씩 사이좋게 나눠서 파도를 타도 충분했고, 새벽에는 두어 명이 황제 서핑을 하는 경우도 흔했는데…. 분에 넘치는 호사를 누리고 있었다는 걸 그제야 깨달았다.

송정과 함께한 그해 여름은 단조롭지만 뜨거웠다. 쉬는 날엔 무조건 송정에 갔고, 일을 하다가도 파도가 있으면 만사 제쳐 놓고 송정으로 달려갔다. 친구가 오면 서핑 전도사를 자처해 함께 서핑을 했다. 파도가 있을 땐 바다로 뛰어 들어갔다가 새카매져서 나오고, 파도가 없을 땐 소나무 숲에 돗자리 하나 깔고 앉아 도시락을 까 먹었다. 책을 읽었고 음악을 들었으며 맥주를 마셨다. 졸음이 밀려오면 그대로 누워 단잠을 잤다.

여름이 끝나 갈 즈음 알게 되었다. 내게 '바다'의 동의어는 언제까지고 '송정'이 될 것 같다고. 앞으로 더 많은 서핑 포인트를 경험하겠지만 이 사실만은 변함없을 거라고. 온통 송정을 배경으로 한 사진첩이 말해 주고 있었다.

여름의 뒷모습을 보는 게 이렇게 아쉬운 적이 또 있었을까. 언젠가부터 늘 벗어나고 싶다고만 생각했던 남해였는데, 요새는 좀 더 지내 볼 수도 있겠다는 생각이 든다. 팔 할은 송정 덕분이다. 서핑을 처음 배운 고향 같은 나의 송정을 사람들에게 소개하고 나누고 싶다. 올해 여름에는 송정에서 더 많은 이와 함께 서핑할 수 있기를 바라며 여러분, 우리 라인업에서 만나요!

라인업 〰

멀고도 험한 출발선

서핑을 배우고 나서 바다를, 정확하게는 파도를 보는 관점이 완전히 바뀌었다. 전 같았으면 하얀 포말을 만들어 내는 파도에 그저 감탄하며 사진 찍기에 바빴을 텐데, 지금은 파도의 크기와 질을 체크한 뒤 슈트를 입고 입수 준비를 하기 바쁘다. '사진 찍을 시간에 파도 하나라도 더 타야지!' 하는 마음으로.

아쉽게도 서핑에 재미를 붙였다고 해서 그에 비례해 실력이 느는 건 아니었다. 당연한 일이었다. 지상에서 테이크 오프 연습을 하고, 잠들기 직전까지 서핑 영상을 시청하며 이미지 트레이닝을 했건만, 아직 기본자세도 숙지가 안 되어 있는 초보가 활활 넘치는 의욕만으로 파도를 잡을 수는 없었다. 우선 첫 번째 관문인 라인업에 나가는 것부터 문제였다.

강습을 받고 얼마간은 해변 가까이 비교적 얕은 곳

에서 이미 깨진 거품 파도('화이트 워터' 또는 '수프'라고 한다)를 타는 연습을 했다. 부력이 좋은 스펀지 보드에, 파도가 깨지며 밀어 주는 힘도 충분히 있어서 패들을 몇 번 하지 않아도 파도가 잘 잡혔다. 재미있었지만 일어나면 바로 해변에 도착해 버려 곧 시시해졌다. 이건 마치 스키장에 와서 눈썰매만 타고 있는 기분이랄까. 더 신나는 라이딩을 즐기려면 슬로프 위로 올라가야 했다. 나가자, 라인업으로!

'라인업'은 부서지지 않은 파도(그린 웨이브)가 시작되는 지점, 즉 서퍼들이 모여 파도를 기다리는 곳을 말한다. 해변에서 라인업까지의 거리는 포인트마다 다르지만 보통 수십 미터에서 긴 곳은 수백 미터에 이른다(라인업이 멀기로 유명한 부산 다대포에 용감하게 혼자 갔다가, 라인업 근처에도 못 가고 물장구만 치다 돌아온 경험이 있다). 바다로 나가는 것이 뭐가 어렵냐고 할지도 모르겠는데, 직접 해 보면 바로 안다. 매섭게 달려오며 부서지는 파도를 뚫고 먼바다까지 나가기가 여간 쉽지 않다는 것을.

남해는 라인업에 나가기가 비교적 수월한 편이라고 들었지만, 처음에는 그조차도 어찌나 멀어 보이던지. 파도가 좀 크기라도 한 날은 앞으로 한 걸음 나갔다가 두세 걸음 밀리는 식이어서, 정신 차려 보니 다시 해변으로 돌아와 있던 적도 많았다. 그렇게 10여 분 파도와의 격투를 벌이다 보면 시작도 하기 전에 힘이 다 빠지는 일도 부지기수.

같이 입수했던 사람들은 모두 유유히 라인업에 나가 있는데, 나는 이게 뭐람. 왠지 안쓰럽게 쳐다보는 시선이 느껴지는 건 기분 탓일까. 파도에 휩쓸리면서도 그런 생각들이 떠오른다. 아니, 그런 생각들을 하며 집중을 못 하고 있다가 파도에 휩쓸리는 걸지도. 다소 세심하고 내향적으로 타고난 성격에, 책방을 하며 더 발달하게 된 눈치로, 타인의 시선에서 자유롭기 힘든 나의 기질은 서핑할 때도 이렇게 발휘되고야 만다.

같은 이유로 온몸에 딱 달라붙는 슈트를 입고 바다를 향해 걸어갈 때도, 우스꽝스러운 자세로 파도에 휘말릴 때도, 내가 패들 하는 모습을 누군가 지켜보고 있을 때조차. 서핑하는 매 순간 나는 파도 아닌 모든 것에 신경을 쓰며 긴장하고 허둥댄다. 그러다 보면 어느새 파도가 눈앞에 다가와 이렇게 말을 건다. "나한테 집중 안 하고 뭐 해? 정신 차려!"

철썩- 볼때기를 내리치는 성난 파도에 아차 싶을 때는 이미 늦었다. 파도와 함께 빙글빙글 통돌이를 당하다가 끝났나 싶어 푸하- 하고 물 밖으로 나와 보면 라인업은 다시 한 발 치 멀어져 있다. 머리에 내려앉은 물미역을 떼며 읊조려 본다. 도대체 서핑이 힙한 스포츠라고 누가 그랬냐….

머릿속을 비워 내고 지금 내게 가장 중요한 것 한 가지에만 집중하자고 마음을 다잡으며, 오늘도 파도에게 한 수 배운다. 멀고도 험한 라인업. 겁먹지 않고 여유롭게 그 출발선에 서기까지는 서핑을 시작하고도 꽤 오랜 시간이 지난 후였다.

패들링 ≋
온전히 나의 힘으로

라인업에 무사히 당도하기만 하면 더 재밌게 파도를 탈 수 있을 거라는 생각은 단단한 착각이었다. 이제 겨우 출발선에 섰을 뿐, 라이딩까지는 더 길고 지난한 여정이 기다리고 있었다.

그린 웨이브는 화이트 워터보다 잡기가 훨씬 어려웠다. 선배들이 여러 번 파도를 양보해 주었음에도 불구하고 파도의 뒤꽁무니만 쫓는 상황이 반복되었다. 산해(이제는 철부지 동생이 되었지만, 내게 서핑을 처음 가르쳐 준 선생님)가 왜 그토록 "패들링이 서핑의 전부"라고 울부짖었는지 몸소 이해되는 순간이었다. 어쭙잖은 패들링으로 라인업에서 할 수 있는 일이라고는 인간 부표일 뿐, 파도의 속도를 따라잡기 위해서는 정확하고 힘찬 패들링이 필요했다. 남해처럼 파도가 말랑말랑하고 부드러운 곳에서는 여차하면 파도가 그냥 지나가 버리기 일쑤였기에 더더욱 패들링이 중요했다.

'패들링'은 양팔로 물을 저어 앞으로 나아가는 동작이다. 수영의 자유형 영법과 비슷한 듯하면서도 다르다. 패들링을 할 때는 상체를 최대한 고정한 채로 팔을 끝까지 뻗지 않고 몸 가까운 쪽에서 깊이 찔러넣어 저어야 한다. 한때 수영을 배웠던 것이 도움이 될 줄 알았던 나는 습관처럼 멀리 팔을 뻗으려고 애쓰는 자유형 자세를 고치느라 얼마간 애를 먹었다.

패들링은 파도를 잡을 때도 중요하지만, 안전하게 라인업으로 나갈 때, 큰 파도가 몰려와 빠르게 아웃사이드(라인업보다 더 바깥쪽)로 나가야 할 때, 그러니까 언제나 중요하게 여겨지는 근본 덕목이다. 계속 물밥을 먹다 보면 자연스럽게 늘겠지만, 좀 더 빠르게 기본기를 익히기 위해서는 연습이 필수라는 선배들의 조언에 따라 조금만 욕심을 내 보기로 했다.

연습 방법은 간단했다. 파도를 재지 말고 무조건 입수할 것. 파도가 없어서 라인업에 아무도 없는 날에도

입수해서 뭐라도 연습할 것. 수영장 벽을 잡고 종일 발차기만 연습하던 초등학생 시절처럼 초심으로 돌아갈 것.

마침 '윈드파인더Windfinder'(파도 예보를 볼 수 있는 앱 중 하나)가 친절하게도 향후 일주일간 파도가 없을 거라고 알려 주고 있었다. 아무리 그래도 파고 0.0m는 너무 과한 배려 아닌가 싶었지만, 예상대로 연습하기에 좋은 날들이 이어졌다. 바야흐로 대장판의 시대가 시작된 것이다.

헬스장 가는 마음으로 바다에 들어가려니 영 발길이 무거웠다. 먼저 할 연습은 먼바다에 떠 있는 빨간 깃발을 반환점 삼아 찍고 돌아오기. 이 왕복 연습을 두세 번만 하면 팔도 같이 무거워지고 흐물흐물해졌다. 산해 가라사대 팔만 쓰지 말고 광배근을 써야 한다고 했는데, 나는 왜 팔만 아픈 것인가. 아직 멀었다는 의미다.

다섯 번 쉬던 걸 세 번으로 줄이고, 세 번 쉬던 걸 한 번으로 줄이며 먼바다 찍고 오기를 연습하다 보니 오래 패들 하는 것에 자신감이 조금 생겼다. 그다음에는 라인업을 따라 파도와 수평 방향으로 왕복하는 연습을 했다. 조류를 느끼고, 파도의 피크를 따라 이동해보고, 틈틈이 보드 돌리는 법도 연습하면서 파도를 기다렸다. 여전히 퇴수 후엔 팔이 아팠지만, 그래도 뻐근함을 느끼는 부위가 등까지 퍼지고 있었다. 제대로 패들링을 하고 있다는 뜻이어서 다행이었다.

"니 이제 패들 좀 치네?"

평소처럼 파도를 잡아 보려다가 실패하고 다시 라인업에 돌아온 어느 날, 서핑숍 사장님이 이렇게 말을 건넸다. 내가 서핑하는 모습을 스스로 볼 수 없기 때문에 패들링이 과연 나아지고 있는 건지 의심이 생기려던 찰나였다. 이 한마디에, 낙심하려던 마음에 한 줄기 희망이 들이닥쳤다. 조금 더 하면 될 수도 있겠다. 스스로를 믿을 수 없을 때는 나를 믿고 응원해 주는 친구들을 믿고 가면 된다.

파도는 못 잡았어도 패들을 열심히 하다 보면 팔은 어느새 또다시 흐물흐물해진다. 이런 나약한 체력이

라니, 몸과 마음이 같지 않음에 한숨이 절로 나온다. 잠시 쉬면서 선배 서퍼들의 파도 잡는 모습을 유심히 관찰한다. 나보다 먼저 입수해 이미 한참 서핑을 했으니 분명히 체력이 떨어졌을 텐데도 목에 핏대를 세우며 패들을 해서 기어코 파도를 잡아 내는 모습이 경이롭기까지 하다. 저렇게 몰입하고 끝까지 집중해야만 파도를 잡을 수 있구나. 온전히 나의 힘으로 파도를 잡을 수 있는 날이 과연 언제쯤 올까. 그때까지 연습, 또 연습이다.

테이크 오프

인생의 우선순위가 바뀌다

서핑을 시작하기 전 내가 상상한 서퍼의 모습은 남들과 크게 다르지 않았다. 캘리포니아 해변이나 태평양 제도 어딘가에서 여유 넘치게 서핑하는 모습. 나도 조금만 하면 그렇게 탈 수 있을 줄 알았다. 누가 그랬더라, 남이 하는 일이 쉬워 보이면 그건 그 사람이 잘하는 거라고. 그 말이 딱 맞다. 그러한 경지에 이르기까지 얼마나 오랜 시간이 걸렸는지는 여러 미디어에 편집되어 있다.

　한동안 친구들을 만나면 "서핑 해 봤어? 나랑 같이 서핑할래?"를 인사처럼 입에 붙이고 다녔다. 그러다가도 막상 함께 서핑을 하게 되면 다소 민망해질 때가 많았다. 처음 배운 친구나 나나 실력 차이가 별로 없기도 하고, 친구가 영상을 찍어 주겠다며 카메라라도 들이댈라치면 몸이 더 굳어서 아무것도 할 수가 없었다.

내가 이제까지 경험한 현실 서핑은 이렇다. 우선 어푸어푸 허우적거리며 라인업에 입성한다. 겨우 한숨 돌리려고 하는데 세트(서너 개 정도의 큰 파도가 일정한 간격으로 밀려오는 것)가 오고 있다. "누나, 출발!" 양보받았으니 쉴 수도 없어 패들을 해 봤으나 타이밍이 늦어 실패. 다시 돌아와 또 열심히 패들만 하다가 진을 다 빼고, 이번에는 잡았나 싶으면 그대로 노즈 다이빙(보드의 노즈가 물에 잠겨 고꾸라지는 일). 그러다가 운 좋게 파도를 하나 잡아 테이크 오프를 하면 '일어섰다!'를 인지하기도 전에 자빠진다. 여러모로 우스꽝스럽다. 그래도 그게 즐거워 '하나만 더 타고 나가야지, 하나만 더!'를 반복하다 보면 어느새 하루가 훌쩍 지나간다.

단번에 일어나 멋지게 파도를 탈 수 있으리라 기대한 건 아니지만, 아무리 그래도 그렇지 이렇게 실력이 안 늘 줄이야. 단 몇 초 동안의 라이딩을 즐기기 위해 한 시간이고 두 시간이고 파도를 기다리는, 서핑이 이렇게나 비효율적인 스포츠라니. 게다가 아무 때나 할

수 있는 것도 아니고 파도가 있어야만 가능하다니. 그래도 보드 위에 올라섰을 때의 그 짧은 순간이 인고의 시간을 모두 보상해 준다는 사실을 알기에 친구들과 함께 깔깔대며 다시 라인업으로 돌아간다.

"누나, 잡혔다는 생각이 들 때 바로 일어나지 말고 패들 두 번만 더 해 봐요."

될 듯하면서도 한 끗 차이로 파도를 자꾸 흘려보내자, 친구들이 이렇게 조언을 해 주었다. 성급하게 일어나지 말고, 패들 두 번 더. 오케이! 다음 파도는 꼭 잡겠다고 다짐하며 정말 죽기 살기로 패들을 했다. 패들한 번 더, 패들 두 번 더. '노즈 다이빙 할 것 같은데… 무서운데…!' 하며 일어났을 때야 파도는 겨우 잡혔다.

첫 그린 웨이브를 잡아 테이크 오프에 성공하던 순간을 떠올려 본다. 잘 기억나지는 않지만, 평소 큰 목소리를 내지 않는 내가 분명 그때는 원숭이가 낼 법한 소리와 환호성을 내질렀었다. 또 하나 확실하게 느낀 것은 앞으로 나의 일상에 빅 웨이브가 올 것 같다는, 틀리지 않을 예감. 인생의 우선순위가 바뀌는 순간이었다.

꺽낀 라이딩 〰️

초보 운껜의 그걱

서핑을 처음 접한 해는 연고 하나 없는 남해에 내려온 지 6년이 지났을 때였다. 모든 것이 아름다워 보이던 여행자의 빛나는 시선도 바랜 지 오래. 일상 생활자의 흐릿한 눈으로 본 남해는 불편하고 좁은, 이따금 지루하고 답답하기까지 한, 그렇고 그런 시골 동네 중 하나일 뿐이었다.

그런데 진심으로 좋아하는 일이 생기자 삶에 작은 균열이 생겨났다. 단조로웠던 일상의 틈 사이로 서핑이라는 파도가 밀려온 것. 서핑은 단숨에 내 온몸을 적셨고, 모든 우선순위를 바꿨다. 우선순위가 바뀌자 상황 판단과 결정도 쉬워졌다. 책방을 접고 떠날 생각까지 했던 내가 다시 남해에 남기로 결심을 바꾼 데도 서핑의 몫이 컸다. 겉보기에는 현상 유지였지만, 내면에서는 아주 큰 지각변동이 일어난 셈이다.

남해에서 책방을 한다고 나를 소개할 때면 뭇사람들은 부러움의 시선을 보내곤 했었다. 거기다가 집에 고양이도 넷이나 있어서 가끔 고양이와 함께 출근한다고 하면, 이건 뭐 일본 영화에나 나올 법한 로망의 실재 아닌가. 그래서 어려웠다. 사람들의 무구한 표정에 얼굴을 굳히기가. 남모를 내 사정을 털어놓을 곳도 마땅치 않았다. 나의 의지로 선택한 터전에서, 좋아서 시작한 일에도 나름의 고충은 있기 마련이라고. 소멸해 가는 지역에 사는 일은 무지 외롭다고. 책을 팔아 고양이 사료를 사기가 버거워서 다른 일을 겸할 때도 많다고. 경험의 폭이 좁아져 자꾸 뒤처지는 것 같아 조바심이 난다고. 하나둘 생기는 불편하거나 껄끄러운 사람도 작은 동네라 계속 얼굴을 마주쳐야 한다고. 그럴 때마다 숨이 턱 막히는 기분이라고 말이다.

　책방으로 먹고사는 일에 도무지 자신이 없어질 때, 내가 움직이지 않으면 돌아가지 않는 1인 4묘의 가계 및 육아 생활에 지칠 때, 공영주차장 주차비를 반올림해서 500원 더 받아 가는 아저씨 때문에 마음이 울렁

거릴 때… 사소한 일에도 기분이 울적해지고 마음이 뾰족해지는 날, 나는 인공호흡이 시급한 환자처럼 바다로 달려간다.

이럴 때는 파도가 있는지 없는지 차트를 확인할 겨를도 없다. 일단 무조건 입수해 울렁이는 마음 대신 너울에 집중한다. 사실 초보 서퍼가 서핑하는 시간 중 보드 위에 일어서서 라이딩을 즐기는 순간은 찰나에 가깝다. 그래도 라이딩만이 서핑의 전부는 아니니 괜찮다고, 잔물결이 대신 몸을 부드럽게 어루만져 준다.

어쩌다가 테이크 오프를 했다고 방심은 금물. 최대한 길게 라이딩까지 해내야 성공이다. 초보 운전의 그것과 같이 불안하고 아슬아슬해도 이제는 어찌어찌 직진 라이딩을 곧잘 해낸다. 뭍으로 올라와 작은 성취에 기뻐서 헤실헤실 웃다 보면 조금은 새로운 사람이 된 기분이다. 의식적으로 비워 내려고 노력하지 않아도 어느새 머릿속은 깨끗해져 있다.

서핑을 일상의 영역으로 들인 뒤 삶의 균형이 생겼고, 일상은 좀 더 정돈되고 단단해졌다. 그래서 서핑을 스포츠의 한 종목이라고만 보기에는 어쩐지 아쉬운 부분이 있다. 보다 큰 범주의 무엇으로 설명해야 할 것 같다. '서퍼'라는 또 하나의 정체성이 생기면서 라이프 스타일이 완전히 바뀐다는 쪽이 더 적절하다.

여전히 나는 직진 라이딩밖에 못하는 초보 서퍼지만, 언제나 내 마음속 첫 번째는 서핑이다. 만반의 준비를 해 놓고 출동을 기다리는 대원처럼 파도를 기다린다. 그렇지만 그 파도가 언제 올지 모르니까, 파도가 없을 때는 미리미리 할 수 있는 일을 집중해서 끝내 놓아야 한다.

한편으로는 서핑 덕분에 유연하지만 더 단단한 사람이 되었다고 느낀다. 예전의 내가 모든 파도를 이겨 내려고 애쓰는 사람이었다면, 지금은 내게 맞지 않는 파도는 흘려보낼 줄도 아는 사람이 되었달까. 나에게 맞는 파도를 알고 기다리는 겸손한 자세, 언제 올지 모르는 파도처럼 불확실한 미래에 대처하는 유연한 사고와 균형 감각, 자연을 아끼고 사랑하는 마음. 모두 서핑을 하며 자연스럽게 배운 것들이다.

파도

서퍼의 눈으로 보는 바다

스웰 〰

파도의 흐름 읽기

여름이 가고, 서핑숍도 문을 닫았다. 이제까지는 선배들이 봐 주는 파도를 보고 아기 새처럼 받아먹기만 했는데, 본격적으로 트립을 다닐 때가 되니 차트를 읽고 파도를 예상할 줄 알아야 했다. 산해가 말했지, 파도를 볼 줄 알아야 진짜 서퍼라고. 좋아. 나 박수진, 이제 진정한 서퍼로 거듭나겠어!

우선 유튜브를 찾아보고 속성으로 공부한 다음 파도 관련 앱을 모조리 설치했다. 기세는 좋았지만 곧 난관에 부딪히고 말았다. 분명 다 아는 글자이고 숫자인데 왜 읽을 수가 없는 건지…. 여러분의 시간은 소중하니까, 나의 시행착오는 생략하고 여기서는 바로 써먹을 수 있는 무료 앱들과 파도 차트 읽는 법을 간단히 소개하고자 한다.

우선 쉬운 것부터 시작할 테니 겁먹지 말고 'WSB

FARM'이나 '바나나엑스' 앱을 설치해 보자. 이 두 앱에서는 CCTV가 설치된 전국 각지의 해변에 들어오는 파도를 실시간으로 확인할 수 있다. 파도 예보도 제공하고 있는데, 한글로 된 부분이 많고 직관적이어서 큰 어려움 없이 사용할 수 있다.

남해 송정의 경우 CCTV가 없어서 이 두 앱에서는 확인이 불가능하다. 그리하여 다른 앱이 추가로 필요한데, 이때 사용하는 앱이 바로 '윈드파인더'다. 윈드파인더는 야외 활동을 위한 바람, 날씨, 파도 및 조수 예보를 종합적으로 제공하는 앱으로, 전 세계 16만 개가 넘는 지역의 예보를 확인할 수 있다고 한다. 남해에 근접한 기상 관측소('Samsangro'로 검색)에서 수집한 예보도 확인할 수 있다. 단, 영어로 검색해야 한다는 단점이 있지만 지도 내 검색을 이용하면 원하는 지역을 쉽게 찾을 수 있다. 자주 가는 스폿은 즐겨찾기로 등록해 놓으면 나중에 다시 찾아야 할 때 훨씬 수월하다.

그렇게 내가 가고자 하는 스폿을 찾아 들어가 보면,

한 화면에 숫자가 여러 개 보일 것이다. 시간대에 따른 바람(방향, 속도)–날씨–기온–파도(방향, 파고, 주기)–조수 예보가 순서대로 나와 있으니 침착하게 하나씩 확인하면 된다.

여기에서 파도의 방향으로 표시된 화살표가 '스웰'이다. 스웰은 먼바다에서 들어오는 너울로, 근해에 가까워지면 파도로 바뀐다. '파도의 큰 흐름'이라고 이해하면 되는데 남해 송정은 남쪽에서 들어오는 파도, 즉 남스웰의 영향을 받는다. 보통 남스웰은 늦봄부터 여름을 지나 초가을까지 들어오고, 가을부터 겨울을 지나 초봄까지는 북동스웰이 들어온다(그 이유를 설명하려면 오호츠크해 기단이나 북태평양 기단까지 데려와야 하는데… 서로를 위해 여기까지만 하기로). 아무튼 그래서 여름엔 남해 파도가 좋고 겨울엔 동해 파도가 좋다. 서퍼들이 계절마다 파도를 따라 양양으로, 부산으로, 제주로 이동하는 이유다.

다시 앱 이야기로 돌아가서, 오늘의 예보를 확인한 후 아래로 스크롤 하면 향후 10일간의 예보도 볼 수 있다. 그러나 예보는 예보일 뿐, 스폿에 도착하는 그 순간까지 매일 매시간 새로 고치며 확인해야 함을 잊지 말 것! 또한 한날한시, 같은 해변이라도 앱마다 예보 정보가 조금씩 다르기 때문에 앱 하나에만 의존하기보다는 여러 앱을 살펴보고 파악하는 것이 좋다.

윈드파인더와 비슷한 앱으로는 '윈디Windy'가 있는데, 예보 모델을 고를 수 있고 뭔가 더 전문적으로 보이는 수치들이 나와 있다. 이미 윈드파인더에 익숙해져서인지, 파도 예보를 제외하고는 서퍼에게 불필요한 수치들이 복잡하게 보여서 손이 덜 가는 앱이다. 그래도 가끔 윈드파인더의 뻥 차트(파도가 없는데 예보만 있는 경우)가 의심스러울 때 크로스 체크용으로 사용한다.

그밖에 '물때와 날씨'처럼 물때표와 조석 예보가 좀 더 상세하게 나와 있는 앱도 함께 참고하면 좋다. 스폿마다 다르지만, 개략적으로 동해는 조수 영향이 적은 반면 남해는 조수 영향을 받는다. 남해 송정의 경우 간조와 만조의 수위 차가 높고 조류가 빠른 6~9물일 때 파도가 좋고, 하루 중에서는 간조와 만조 사이일 때 파도가 좋다.

길게 설명했으나 파도 차트도, 물때표도 어디까지나 파도를 예측하기 위한 보조 수단이다. 스폿에 가서 직접 눈으로 파도를 확인하는 것이 가장 정확하고, 처음 가 보는 스폿이라면 앱을 들여다보기보단 그 지역 로컬 서퍼들에게 도움을 구하는 것이 낫다.

무엇보다도 간과해서는 안 될 가장 중요한 게 있다. 만약 당신도 나와 같은 초보 서퍼라면, 차트니 물때표니 분석하며 파도를 가릴 처지가 아니라는 것이다. 하나의 파도가 우리에게 오기까지 지구의 모든 바다와 달님, 날씨의 신과 파도 요정과 용왕님 그리고 갑작스러운 연차를 받아 준 부장님까지, 온 우주의 지극한 도움이 있었음을 잊지 말자. 그러니 그 모든 것에 감사하며 웬만하면 그냥 닥치고(파도 탓하지 말고) 입수하기를 추천하는 바이다.

Ps. 어때요 용왕님, 저 잘했죠? 올해도 남스웰 잘 부탁합니다!

우중 서핑

까연이 그리는 수묵화

서핑 입문자들이 가장 많이 하는 질문이 뭘까? 나는 처음에 어떤 게 제일 궁금했었나 떠올려 본다. 강사는 아니지만 서핑숍 죽순이이자 반스태프의 입장에서 자주 들었던 질문 세 가지를 꼽아 보았다.

물을 무서워하는데 괜찮나요?

수영을 하지 못해도 서핑할 수 있나요? (질문 빈도 : 상)

할 수 있다. 물론 물놀이를 즐기고, 수영도 할 줄 안다면 서핑과 훨씬 빨리 친해지는 것이 사실이다. 그렇지만 앞서 적은 대로 물과 친하지 않더라도 괜찮다. 서핑 입문 강습은 비교적 낮은 수심(허리 높이 정도)에서 진행되므로 약간의 용기만 낸다면 할 수 있다.

실제로 나의 꼬임에 빠진 글쓰기 모임 동료 S는 난생 처음 서핑을 배운 날을 이렇게 회상했다.

'일탈을 마친 후, 몇 장의 사진이 도착한다. 그 안엔 사투를 벌이고 있는 나의 모습이 고스란히 담겨 있다. 그리고 이내 넘겨 보던 손이 멈춘다. 물에 빠진 생쥐가 된 나는 어떤 표정을 짓고 있다. 이제껏 본 적 없는 표정이다. 나, 무지 무서운데 엄청 재미있어! 나, 엄청 재미있는데 무지 무서워!'

비 오는 날, 서핑할 수 있나요? (질문 빈도 : 중상)

위 질문만큼 많이 묻는 말인데, (이쯤이면 예상했겠지만) 기상 특보가 발효될 정도로 심각한 상황이 아니라면 당연히 할 수 있다. 바다에 있는데 비가 온다고 해서 두 번 젖는 것은 아니기 때문!

겨울에도 서핑할 수 있나요? (질문 빈도 : 중)

(앞서 언급했다시피) 할 수 있다. 그런데 겨울에 서핑을 하려면 약간의 장비들과 조금 광적인 열정이 곁들여질 필요가 있는데, 이에 대해서는 뒤에 나올 〈겨울 서핑〉 편에서 따로 서술하겠다.

우중 서핑의 낭만에 대해서는 하고 싶은 말이 많기에 조금 더 지면을 할애하고 싶다. 고백하자면, 나는 비 오는 날 서핑하는 것을 즐기는 편이다. 정확하게는 서핑 중에 비가 오기 시작하는 그 순간을 더없이 좋아한다.

사실 처음에는 시야가 흐려져 서핑에 집중하기가 어렵지 않을까 생각했다. 실제로 그렇긴 하다. 자꾸만 들이치는 빗방울에 나도 모르게 눈을 질끈 감게 되고, 테이크 오프를 해도 곧잘 중심을 잃었으니까. 그러나 운치가 더해진 수묵화 같은 풍경이 눈앞에 펼쳐진 까

닭에 아무래도 괜찮았다.

해무가 자욱하게 낀 바다에 빗방울이 떨어지기 시작하면 수평선은 점차 흐릿해진다. 마침내 하늘과 바다의 경계가 사라지고 어렴풋한 풍경만이 남는다. 빗소리에 모든 소리가 묻히고 토독토독, 찰랑찰랑, 물이 내는 고요한 소음만이 남는다. 자연이 좋은 것만 고르고 골라 전해 주는 선물 같은 시간이었다.

후에도 그날의 풍경이 아득하게 느껴질 때면 비가 오진 않으려나, 입수할 때마다 설레는 마음으로 기다렸으나 아쉽게도 그런 날은 자주 오지 않았다. 알고 보니 바람이 불지 않는 날, 엷게 내리는 부슬비에만 느낄 수 있는 정취였던 것.

우중 서핑은 시시각각 변하는 자연이 그리는 그림을 조금 더 가까이에서 생생하게 지켜보는 일이다. 나는 여전히 그날을 그리며 기다린다. 바다 한가운데서 비를 맞으며 느끼는 충만함을, 대자연 속에 침잠하여 관계 맺는 기쁨을.

쉬어

바람이 파도에 미치는 영향

일반적으로 '쇼어'는 해안을 의미하는 영어 단어이지만, 서핑에서는 주로 바람의 방향을 표현할 때 사용된다. 이런 식으로 말이다.

- 온 쇼어On shore : 바다에서 육지 방향으로 부는 바람. 바람이 파도를 뒤에서 밀어 주기 때문에 파도가 두꺼워지고 빨리 깨지게 되어 파도의 질에 좋지 않은 영향을 줄 수 있다.

- 오프 쇼어Off shore : 육지에서 바다 방향으로 부는 바람. 바람이 파도의 진행 방향과 반대로 불기 때문에 파도의 면을 밀어 올려 파도가 깔끔해진다. 바람이 너무 강하면 파도가 눌려 깨지기 어렵게 되거나, 테이크 오프 시 얼굴에 물방울이 계속 튀어서 시야 확보가 어려울 수 있다.

• 크로스 쇼어Cross shore : 자주 사용하는 용어는 아
  니지만, 파도와 평행한 방향으로 부는 바람을 말
  한다. 바람이 매번 해변의 직각 방향으로 부는 것
  은 아니다. 파도와 평행하게 혹은 여기저기에서
  두 방향 이상으로 갈라져 불 때도 있다. 바람이
  거칠어질수록 파도도 울퉁불퉁 지저분해지는데,
  이럴 때 파도를 '차피Choppy하다'라고 한다.

　그렇다면 여기서 문제. 서퍼들이 제일 선호하는 바
람은 무엇일까?

　너무 쉽게 '오프 쇼어'라고 답했다면, 반은 맞고 반
은 틀렸다. 바람이 파도에 미치는 영향도 스폿에 따라
조금씩 다 다르지만 남해 송정을 기준으로 설명해 보
면, 5~6kt(약 2.5~3.0m/s) 이하 정도의 미풍일 때는
오프 쇼어가 가장 최선의 조건이긴 하다. 그러나 그
이상 바람이 거세지면 온 쇼어고 오프 쇼어고 큰 의미
없이 입수 자체를 고민해야 할지도 모른다. 바람과 조
류에 떠밀려 가지 않기 위해 쉼 없이 패들과 발장구

(에그비터 킥)를 쳐야 해서 라인업을 유지하기도 벅찰 테니까. 에어컨이 그러하듯 모름지기 바람은 역시 무풍이 제일인 법이다.

서퍼들은 '쇼어'라는 용어를 실생활에서 이렇게 활용하기도 하는데, 주로 통제하기 어려운 긴급 가스 배출 상황에서 요긴하게 사용된다. 예를 들어, 격의 없이 친한 친구가 나를 향해 대놓고 용트림을 내뱉었다고 해 보자. 바로 육두문자부터 날릴 수도 있겠지만, 서퍼라면 "아, 쇼어 확인 쫌!" 하고 다정하고(?) 센스 있게 핀잔을 줄 수 있다. 이를 응용해 다음과 같은 문제도 서퍼답게 해결할 수 있다.

친구들과 나란히 해안가를 걷고 있는데 참을 수 없는 방9가 나오려는 상황이다. 내가 선두에 있고 바람은 오프 쇼어로 불고 있다. 이럴 때 교양 있는 서퍼로서 최소한의 매너를 지키려면 어느 위치에서 가스를 분출해야 할까?

① 께끼리
② 중간
③ 후미

이 경우 오프 쇼어는 나의 진행 방향과 반대 방향의
바람으로 이해하면 된다. 선두에서 그냥 방9를 분출
한다면 뒤쪽의 친구들에게 애정 가득 담긴 덕담을 들
을 수도 있다. 그러니 쇼어를 정확하게 이해하고 있는
서퍼라면 친구들을 앞으로 먼저 보낸 뒤 후미에서 가
스를 분출하는 것이 맞다. 정답은 3번.

쓰고 보니 그다지 좋은 예는 아닌 것 같아 부끄럽지
만, 서퍼 친구들이 이토록 꾸밈없고 소탈하다(만에 하
나 나와 내 친구 무리만 이런 농을 주고받는 거라면…
서퍼의 품위를 적잖이 실추시킨 점, 죄송합니다).

앞서 차트 읽는 법에서 언급했듯이 스웰, 조수, 해저
지형 등 다양한 요인이 파도의 질에 영향을 미친다.
그러나 서핑할 때 가장 직접적으로 차이를 체감하게
되는 요인은 역시 바람이다. 비슷한 질의 파도가 바람

이 불기 전후로 완전히 달라지는 것은, 서퍼라면 한 번쯤 경험해 봤을 흔한 일이다.

많은 서퍼가 일출 서핑이나 일몰 서핑을 찬양하는 이유도 이와 무관하지 않다. 특히 새벽에는 육지와 바다의 온도 차가 크지 않아 대체로 하루 중 바람이 가장 덜한 시간대다. '바람이 약하다'는 파도 면이 깔끔할 확률이 높다는 뜻이니, 나같이 게으른 서퍼조차 알람도 없이 새벽에 눈을 뜨게 만드는 것이다. 부지런한 서퍼들만 즐길 수 있는 널널한 라인업은 덤이고.

사실 바람이야말로 파도를 만들어 내는 직접적인 원인이기 때문에, 아무래도 바람과 파도는 떼려야 뗄 수 없는 관계다. 더 과학적이고 구체적인 내용들을 곁들였다가는 서핑에 대한 흥미가 떨어질 수 있으므로 바람과 파도에 대한 이야기는 이 정도로 마무리하겠다.

중요한 건 뭐다? 방9 뀔 때는 꼭, 쇼어를 확인할 것!

세트

인생에 악재가 세트처럼 몰려올 때

2022년은 통째로 기억에서 사라진대도 괜찮을 만큼 최악인 해였다. 조울증 발병, 폐쇄 병동 입원, 책방 양도 계약 무산 그리고 당장 대안이 없어 선택한 재계약까지. 이 모든 일이 연초부터 연말까지 차곡차곡 연이어 일어났다. 어긋난 계획에 크게 휘청이고 나니 속수무책으로 1년이 흘렀다. 우여곡절과 전화위복을 온몸으로 절절히 깨치는 시간이었다.

그해 서핑을 시작한 것은 말 그대로 불행 중 다행이었다. 서핑을 배우지 않았더라면 높은 확률로 남해를 떠났을 테니, 일상이 지금과 많이 달라졌을지도 모르겠다. 인생에 악재가 세트처럼 몰려올 때 서핑이 나를 살렸고, 나의 중심을 지켜 주었다.

"서퍼라면 세트를 타야지."

평소와 같이 작고 만만한 파도만 깔짝거리고 있던

어느 날, 현석 오빠가 내게 한 말이다. 오빠는 남해에서 가장 오래된 로컬 서퍼이자 현재는 펜션과 서핑숍을 함께 운영하는 덕업일치 사장님이다(인상이 무서웠던 전 사장님은 고향인 마산으로 돌아갔고, 인상이 더 강한 이 오빠가 사장님이 되었다). 내 서핑 선생님을 꼽으라면 단연 산해와 현석 오빠가 양대 산맥일 정도로, 오빠는 자신이 알고 있는 것을 아낌없이 나누고 가르쳐 준다.

서핑에서 '세트'는 주기적으로 밀려오는 큰 파도의 묶음을 지칭하는데, 보통 서너 개, 많을 때는 대여섯 개의 파도가 한꺼번에 몰려온다. '세트를 타라'는 말은 잘 잡히지 않는 하찮은 파도에 힘 빼지 말고 힘 좋은 세트 파도가 올 때까지 조금 기다리라는 뜻이었다.

어쩐지, 세트가 아닌 애매한 파도를 타다 보면 이내 현타가 오곤 했는데 크게 두 가지 이유에서였다. 첫 번째는 파도를 잡겠다고 허우적대다가 어느새 맹렬한 기세로 덮쳐 오는 세트에 휘말려 통돌이를 당하는 경우다. 작은 파도를 잡으려면 라인업을 (해변 쪽으로)

앞당겨야 해서 큰 파도가 왔을 때 와이프 아웃 되기 일쑤였다. 두 번째는 운 좋게 파도 잡기에 성공했어도 뒤를 돌아보면 더 질이 좋은 세트가 들어오고 있는 경우가 많아서 '좀만 더 기다릴걸…' 하는 아쉬움이 남을 때였다.

세트를 타야 한다는 말은 곧 파도를 기다릴 줄 아는 서퍼가 되어야 한다는 의미였다. 보드 위에 서는 기술만이 서핑이 아니라 파도를 보고 기다릴 줄 아는 것까지가 서퍼의 능력인 셈이다. 세트를 기다릴 줄 모르고 사소한 파도에 힘을 다 빼던 내게는 아주 큰 깨달음이었다.

혹시 나중에 해변에 놀러 갔다가 서퍼들이 보인다면 한번 찬찬히 구경해 보자. 파도가 계속 오는데 라인업에 서퍼들이 둥둥 떠 있기만 하다면, 그들은 아마 세트를 기다리고 있을 확률이 높다. 비非서퍼의 눈에는 '파도 안 타고 뭐해?'라는 생각이 들 수도 있지만, 이 글을 읽은 사람이라면 이제 이렇게 생각하면 된다. '세트를 기다리고 있나 보군!'

서핑은 기다림의 스포츠다. 파도는 내가 원한다고 빨리 오는 것도 아니고, 원하지 않는다고 늦게 오는 것도 아니다. 기다리던 세트가 눈앞에 보일 때는 빠르고 정확한 판단이 필요하다. 내가 탈 수 있을 만한 크기인가? 그렇다면 주저하지 말고 바로 패들을 시작해야 한다. 도저히 못 탈 것 같은 큰 세트라면 죽을힘을 다해 패들 해서 아웃사이드로 재빨리 넘어가야 한다.

　우물쭈물하다가 큰 세트를 피하지 못하게 되었다면? 안타깝지만 별수 없다. 몸과 마음의 긴장을 풀고, 편안하고 초연하게 세트에 말려야 한다. 몸을 최대한 둥글게 말고 머리를 보호한 뒤, 파도의 힘을 받아들여 물 깊숙한 곳까지 찍고 와야 보드에 부딪히거나 크게 다치는 일을 피할 수 있다. 말은 이렇게 해도 사실 나도 아직 잘 안된다. 몇 번 경험해 보니 아는 무서움이라서 더 어렵다. 그래도 현석 오빠의 조언 이후로 세트를 잘 타지는 못해도 기다릴 줄은 아는 사람이 되었다.

　조울증을 앓게 된 후 많지 않은 관련 책들을 찾아보다가 이주현 작가의 책을 만났다. 강렬한 프롤로그에서 이런 구절을 읽게 되었다.

"상반되는 감정이 주기적으로 덮쳐온다는 점 때문에 조울병을 바다에 빗대는 경우가 많다. 해변을 휩쓸어버리는 조증의 해일, 모든 것을 집어삼킬 듯 달려드는 울증의 검은 파도. 하지만 가만히 생각해보면 조울병은 '사막'에 가깝다. 모든 것을 태워버릴 듯 지글거리는 사막의 태양. 밤이면 영하로 내려가는 극단적 추위. 다양한 생명체의 활극이 펼쳐지는 바다와 달리, 사막의 극한 환경은 생명을 품을 만한 곳이 못 된다. 별자리 읽는 법을 익히지도 못한 채 사막을 헤매는 것은 고립과 죽음을 의미한다. 정신질환으로 세상과 소통할 방도를 잃어버린 이들은 외로운 사막에 놓여 있는 것과 마찬가지다."

_이주현, 《삐삐 언니는 조울의 사막을 건넜어》, 한겨레출판, 2020

보통 조울증을 감정의 파도를 넘나드는 병이라고

표현하는데, 한 발 더 나아가 '사막'으로 표현한 것이 인상 깊었다. 황량한 사막을 홀로 헤매는 외로운 이의 뒷모습을 상상해 보았다. 길었을 그 고통의 시간을 어렴풋이 가늠하며 그의 글을 단숨에 읽어 나갔다.

책을 덮고 난 뒤 생각의 꼬리는 자연스럽게 나에게로 이어졌다. 그럼 나는 어땠지? 골똘히 생각해 봐도 사막의 이미지는 잘 떠오르지 않았다. 물론 사막에 혼사 남겨진 것만 같던 시간도 분명히 있었으나, 사랑하는 가족과 친구들의 도움으로 빠르게 오아시스를 찾을 수 있었다. 과분한 인복이 있었고, 운이 좋았던 덕분에 사막에서 보내는 시간을 많이 줄일 수 있었다.

결론을 내리기는 조심스럽지만 다행히 지금은 내가 있어야 할 곳으로 무사히 건너왔다는 느낌이 든다. 자유로운 바다에서 친구들과 함께 와그르르 웃고, 소리 지르고, 때론 눈물 콧물을 쏟기도 하면서 살아 있음을 감각한다. 천진난만한 생의 에너지를 얻는다.

나는 여전히 감정도, 인생도 파도에 비유하는 쪽이 조금 더 좋다. 바다를 사랑하고 서핑을 좋아하는 사람으로서 어쩔 수 없이 그쪽에 마음이 간다. 큰 세트 앞에서 '어서 와' 하고 차마 반길 수는 없을지라도 '오지 마, 무서워'가 아니라 '올 것이 왔구나' 하는 준비된 마음을 가지고 싶다. 그렇게 연습하다 보면 언젠가는 감정의 파도도, 인생의 너울도 초연하고 유연하게 잘 넘기는 사람이 될 수 있지 않을까.

와이프 아웃
잘 넘어지고 잘 일어나기

서핑숍에서 자고 온 다음 날에는 고양이들에게 잘 보이려고 애쓴다. 외박 준비를 단단히 하고 나와도 집에 돌아올 때면 노란 털 뭉치들이 왜 이제 왔냐는 듯 버선발로 와다닥 마중을 나오기 때문이다. 통돌이를 하도 당해 쭈글쭈글해진 짠 내 나는 까만 손에, 고양이들이 작고 촉촉한 분홍 코를 박고 킁킁 냄새를 맡는다. 바람, 노을, 별, 달. 어엿한 네 치즈 고양이의 집사로서 잦은 외박은 지양해야 마땅하나, 나는 서퍼로서 파도를 환영해야 할 의무도 있으니까. 한 손에 폭 들어오는 자그맣고 동그란 뒤통수를 미안한 마음 담아 가만가만 쓰다듬는다. 친구들이 충분히 만족할 때까지, 평소보다 더 오래.

　"독서는 제게 여흥이고 휴식이고 위로고 내 작

은 자살이에요. 세상이 못 견디겠으면 책을 들고 쪼그려 눕죠. 그건 내가 모든 걸 잊고 떠날 수 있게 해주는 작은 우주선이에요."

_수전 손택·조너선 콧, 《수전 손택의 말》, 마음산책, 2015

한때 나도 독서가 그랬던 적이 있다. 온전히 취미의 영역이던 독서가 책방을 열고 나서는 일이 되어 버렸지만. 100% 독자의 눈으로 책을 훑는 일은 뭐랄까, 첫사랑 같은 존재가 되었다. 다시 만날 수도, 돌아갈 수도 없는 과거의 순수한 기쁨. 대신 좀 더 많은 사람과 책을 매개로 소통하는 또 다른 기쁨을 얻었고, 그 기쁨을 원동력 삼아 7년째 책방을 운영하고 있으니 충분히 만족한다.

그래도 조금은 아쉬웠던 '순수한 기쁨의 세계'를 채워 준 건 다름 아닌 서핑이었다. 그중에서도 특히 와이프 아웃을 당할 때 수전 손택의 말이 자주 떠오른다. '통돌이는 내 작은 자살이에요….'

'와이프 아웃'이란 보드에서 중심을 잃고 넘어지는

것을 말한다. 서퍼들은 '통돌이 당한다'는 표현을 훨씬 많이 쓴다. 파도에 휩쓸리면 그냥 물에 빠지고 끝나는 게 아니라 세탁기 안에서 빨래가 돌듯이 빙글빙글 돌아가기 때문인데, 한번 당해 보면 무슨 말인지 바로 알 수 있다. 통돌이에 제대로 말리면 '혹시 나 이렇게 죽는 건가?' 싶을 때쯤 겨우 끝나기도 한다. 그럴 때일수록 침착하게 대처할 수 있어야 사고가 없다. 안 그러면 두세 바퀴 정신없이 돌다가 방향 감각을 잃고 바닥으로 솟기도 하고, 리쉬에 몸이 감기거나 보드에 부딪혀 크고 작은 부상을 입을 수도 있다.

나의 친절한 선생님들도 입문 강습 때부터 안전한 게팅 아웃(라인업으로 나가는 것)과 와이프 아웃 방법을 재차 강조하며 설명했으나, 유독 와이프 아웃만은 '안전하게' 잘 해내기가 어려웠다. 그도 그럴 것이, 당시 나는 초보가 많이 하는 실수를 다음과 같이 트리플 콤보로 구사하고 있었다.

우선 처음에는 패들링을 하다가 노즈가 물에 잠겨 고꾸라지는 노즈 다이빙(초많실 1)을 하는 것으로부터

시작된다.

→ 테이크 오프를 멈추지 못하고 와이프 아웃 된다.

→ 무서워서 머리 보호도 안 하고 바로 튀어 올라온다. (초많실 2)

→ 우물쭈물하다가 두 번째 세트에 다시 와이프 아웃 된다.

→ 또 바로 올라오다 결국 보드에 꽁- 부딪힌다. (초많실 3)

머리로는 바로 나오면 안 된다고 알고 있어도, 끝나지 않을 것 같은 세트에 휘말리고 있다 보면 나도 모르게 몸이 굳고 숨이 가빠진다. 없던 트라우마도 생길 듯한 통돌이의 경험이 쌓일수록 마음은 위축되고, 파도 앞에서 주저하는 시간이 늘어 갔다.

결국 그 순수한 유희에도 침체기가 오고야 말았다. 스펀지 보드에서 하이브리드 보드를 거쳐 지금의 에폭시 보드까지. 소프트톱 보드에서 하드 보드로 차근차근 레벨업 하며 넘어왔다고 생각했는데, 시기상조

였던 걸까. 보드의 부력이 낮아지니 다시 서핑을 처음하던 시절로 돌아간 기분이 들었다. 스펀지 보드로 열 개 중 대여섯 개는 잡을 수 있었던 파도가 보드를 바꾼 뒤로는 단 한 개도 잡히지 않았다.

되던 게 안 되고 좀처럼 파도가 잡히지 않으니 슬슬 짜증이 나고 스트레스가 올라왔다. '좁고 기다란 판자 위에 앉아 둥둥 떠다니는 것만으로도 이렇게 행복해질 수 있다니'라며 파도를 못 잡아도 좋아하던 나, 어디로 갔나…. 고개를 돌려 보면 옆에는 이제 막 스펀지 보드로 혼자 파도를 잡기 시작한 사람이 보인다. 하하 호호 너무나 즐거워 보여서 나도 다시 돌아가고 싶다. 아직 실력도 안 되는데 괜히 어려운 보드로 바꾼 거 아닐까. 재밌자고 하는 건데 스트레스만 생기니 뭐 한다고 이러고 있나, 싶은 생각이 뭉게뭉게 올라오는 찰나… 한발 늦은 패들로 세트를 피하지 못하고 또 한 번 와이프 아웃 되었다. 철- 썩-.

슬그머니 헛웃음이 나기 시작했다. 뭐가 그렇게 무서워서 주춤대고 있나 싶어 스스로에게 부아가 치민

다. 할 수만 있다면 세탁기에 들어가서라도 잘 말리는 법을 연습하고 싶은 심정. 이쯤 되니 아예 작정하고 '나 죽었다~ 날 데려가소~' 하며 말려 보기로 했다. 빨래가 되었다고 생각하고 그냥 파도에 몸을 맡기자, 호흡을 가다듬는 것이 조금씩 편해졌다. 다 경험치를 쌓아 가는 일이라고 여기니 어느 순간 연거푸 와이프 아웃을 당하면서도 (포기와 체념 사이 그 어디쯤에서) 해탈한 표정을 짓고 있는 내가 느껴졌다.

그러고 보면 서퍼란 항상 와이프 아웃을 당할 준비가 되어 있는 사람, 즉 잘 넘어지고 잘 일어나는 사람이 아닐까. 겁내지 않고 안전하게 잘 넘어질 수 있도록 정련하는 마음. 무수한 와이프 아웃의 실패 속에서도 낙심하지 않고 다시 해 보는 마음. 서핑은 이 간단해 보이지만 어려운 가르침을 뼛속 깊이 새겨 주었다.

서핑에 빠지게 된 순간부터 확고하게 결심한 한 가지는 이거다. '서핑은 절대로 밥벌이로 하지 말아야지.' 이 순수한 기쁨의 세계는 무슨 일이 있어도 꼭 지켜 내겠다고, 와이프 아웃조차도 끝까지 온전한 기쁨과 재미의 영역으로 남겨 둘 참이라고, 고개를 숙일 때마다 코에서 줄줄 흐르는 통돌이의 흔적을 닦아 내며 다짐해 본다.

겨울 서핑
담금질의 계절

한여름에 주문했던 겨울 슈트가 긴팔을 입게 되었을 때 도착했다. 계절은 시나브로 가을을 지나 겨울로 접어들고 있었다. 겨울 서핑이라니, "겨울에도 서핑을 한다고?" 되물을지도 모르겠다. 그렇다. 파도만 있어 준다면야 서핑은 사계절 스포츠다.

시간과 돈이 허락하고 실력도 어느 정도 된다면 발리나 일본, 하와이 등 따뜻한 나라로 가서 서핑 실력을 한 단계 레벨업 시킬 수도 있다. 그러나 셋 다 없는 나는 '낭만은 겨울 서핑이지'라고 우기면서 슈트에 몸을 욱여넣는다.

겨울에 하는 서핑은 여러모로 수고롭다. 언급했듯이 두툼한 슈트를 입는 데만 우선 30분 정도를 소비하며 전완근이 털린다. 여름이라면 바로 개운하게 입수하면 되는데, 아직 끝이 아니다. 나중에 더워서 벗어

젖힐지라도 우선은 최대한 온몸을 가려야 한다는 걸 몇 번의 경험으로 알았다. 두꺼운 신발을 낑낑대며 신고, 보온을 위해 외모를 과감히 포기한 채 후드를 뒤집어쓴다. 마지막 남은 인내심을 발휘해 장갑까지 야무지게 끼고 나면, 나는야 멋진 서퍼… 가 아니라 바로 물질하러 가도 될 것 같은 해녀 삼춘 한 명이 거울 앞에 서 있다.

겨울 바다는 유난히 매섭다. 수온이 차서 그렇게 느껴지기도 하겠지만 파도가 비슷한 날을 비교해 봐도 여름보다 훨씬 거세다. 여름 파도는 장난기 많은 친구가 쏟는 물 양동이를 맞는 느낌이라면, 겨울 파도는 뭐랄까… 약간 쓰나미 같은 느낌이다. 실제로 과학적인 근거가 있었다. 검색해 보니 몇몇 과학 전문가들이 남긴 답변이 보였다.

'우리나라의 겨울은 주변의 기압 배치가 매우 촘촘하기 때문에 등압선의 간격이 좁고 일직선인 경우가 많습니다. 그 결과 육지와 바다의 온도 및 기압 차이가 커지는데요, 그 때문에 공기의 이동도 빨라지게 됩

니다. … 겨울에는 여름에 비해 바람이 강하고 지속 시간이 길기 때문에 파도가 더 큽니다. 또한 겨울에는 바다가 더 차갑기 때문에 물이 더 밀집되어 있어 파도가 더 높게 솟을 수 있습니다.'

기분 탓이 아니라 사실이었다니. 아무튼 이러한 이유로 겨울 서핑을 할 때는 더더욱 조심해야 한다. 생각해 보니 서핑하다 진짜 죽을 수도 있겠구나, 싶었던 순간은 모두 겨울이었다. 몇 번 얼음장 같은 파도에 잡아먹히고 나서야 대비를 하게 되었다. 체온이 곧 체력이 되니, 체온 유지를 잘할 수 있도록 꼭 장비를 착용하고 서프 버디와 반드시 함께 들어간다. 몸은 평소보다 더 무겁고 둔해지니 절대 무리하지 않는다. 언제 귀신 세트(갑자기 크게 들어오는 세트)에 휘말리게 될지 모르니, 계속 패들을 하며 파도를 잡기 위해 애쓰기보다는 라인업을 유지할 체력을 비축해 놓는 편이 좋다. 나의 경우 겨울에는 항상 20~30% 정도 패들 할 힘은 남겨 놓으려 하고, 컨디션이 떨어지고 조금 피곤하다 싶으면 오기 부리지 않고 바로 퇴수하는 편이다.

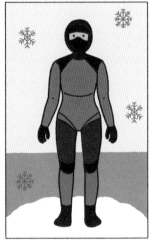

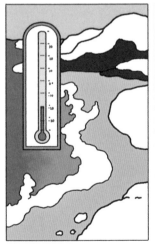

첫 겨울 서핑 때, 개인 슈트가 없어 숍에서 여름 시즌 때 사용하는 3mm 두께의 렌탈 슈트를 입고 입수했었다. 두 시간여 동안 입술이 시퍼레진 채 쉬지 않고 덜덜덜 떨다가 나온 웃지 못할 추억. 지금은 장비란 장비는 다 하고도 이렇게 추운데, 그때는 어떻게 가능했던 걸까. 열정의 '열熱' 덕분이라고밖에는 설명할 방법이 없다.

파도가 고파서 단숨에 달려온 옆 동네 거제에서 12월의 첫 서핑을 시작했다. 영하 8도, 왕복 운전 네 시간, 슈트 입고 벗고 씻는 데 두 시간, 서핑을 한 시간은 고작… 한 시간 반 정도? 큰 세트에 말려 통돌이를 다섯 번 정도 당하고 체력도 멘털도 탈탈 털려 파도는 한 개도 제대로 못 탔다. 1박 2일 투자의 결과가 겨우 이거라니. 보드를 타야 돈을 받지, 물만 먹고 가는데 어떻게 돈을 다 받냐며 서핑숍 사장님이 보드 렌탈비를 하루치만 받으셨다. 기분이 좋은데 슬프고, 슬픈데 좋고…. 단골이라 할인해 주신 것도 있겠지만 어쨌든 뼈아픈 할인 사유였다.

고생이란 고생은 사서 다 하고 파도는 타지도 못하면서 겨울 서핑을 왜 하는지 사실 나 자신도 이해하기 어렵다. 그런데 뭐랄까, 한번 해 보면 이게 또 나름의 거친 매력이 있다. 차디찬 바닷물에 온몸이 던져졌다가 보드 위로 올라오면 매번 새로 태어나는 기분이 든다. 한계를 시험하면서 조금 더 강해진 것 같은 기분, 진정한 서퍼에 한 발 더 다가선 기분이 들기도 하고. 이렇게라도 하지 않으면 여름을 기다리는 마음이 금방 지치게 되니까, 일종의 혹한기 훈련을 받는다고 생각하며 임하고 있다. 그렇게 담금질하다 보면 이듬해 봄도 금방 올 테고.

조류 〰

안갠한 바다는 없다

'겨울 서핑은 이런 거구나' 하며 감을 잡을락 말락 하던 어느 날이었다. 평소보다 큰 파도가 들어와 고전을 면치 못하고 있었다. 오전부터 열심히 탔지만 테이크 오프에 성공한 건 고작 한두 번 정도. 그 와중에 소식을 듣고 날아온 옆 동네 거제 친구들까지 합세해 오후에는 라인업이 더 떠들썩해졌다.

친구들을 보고 반가움에 환호하던 것과는 별개로, 내 상황은 그다지 좋지 않았다. 기세 좋은 세트에 해변까지 떠밀려 오고 나니 더 이상 입수할 엄두가 나지 않았다. 그날따라 조류도 심해서 자리 유지를 위해 라인업에서 계속 패들을 하느라 이미 체력은 바닥났고, 정신력으로 버티고 있던 상태였다. 겨울 서핑을 할 때는 체력 안배를 무엇보다 신경 써야 한다는 걸 그땐 미처 몰랐기에 조금 이상한 오기가 생겼다. 가령 '이

때 아니면 또 언제 남해에 겨울 파도가 들어오겠어'라든가 '다들 열심히 타는데 너만 먼저 퇴수할 거야?' 같은. 그럴 때 이렇게 스스로를 다독여야 했다.

- 이때 아니면 또 언제 남해에 겨울 파도가 들어오겠어. → 파도는 기다리면 언젠가 또 들어온다. 오늘이 인생 마지막 서핑이 아니다.
- 다들 열심히 타는데 너만 먼저 퇴수할 거야? → 체력과 실력이 모두 다르니 그럴 수 있다. 비교하지 말자.

그러나 열정만 불타는 초보가 그런 걸 할 수 있을 리가 없었다. 무식하면 용감하기에, 탈 수 있을 때 열심히 타 보자는 마음으로 다시 입수를 결심했다.

보통 나의 통돌이 루틴은 이렇다. 일단 첫 번째 파도에 휘말려 두어 바퀴 돌고 나서 올라가 숨을 좀 돌리고 있으면 다음 파도가 온다. 한 번 더 숨을 참고 물밑으로 잠수해 두 번째 파도를 보낸다. 물 위로 올라와 동태를 살피고 파도가 잠잠해지면 보드를 끌어당겨 임팩트 존(파도가 가장 강하게 깨지는 지점)에서 빠져나온다. 만약 세 번째 파도도 커 보이면 다시 한 번 더 숨을 참고 잠수해 파도를 보내는 식이다.

재입수를 하자마자 또 한 번 큰 세트에 밀려 신나게 통돌이를 당하는데, 이번에는 뭔가 이상했다. 네 번째 파도를 보내고, 다섯 번째 파도를 보내는 동안에도 수면은 잠잠해질 기미가 보이지 않았다. 일반적으로 파도의 피리어드(주기, 파도가 깨진 후 다음 파도가 도착하는 데까지 걸리는 시간)가 길수록 에너지가 응축되기 때문에 파도의 힘이 세고 크다. 그런데 그날은 피리어드가 짧은데도 파도의 힘이 좋았던 게 문제였다. 이 정도 파도를 맞고 밀렸으면 발이 바닥에 닿아야 정상인데, 발밑에는 여전히 아무것도 닿지 않았다. 숨은 점점 짧아지고 있었다. 순간 두려움이 엄습했다.

패닉에 빠지려는 멘털을 붙잡고 눈을 떠 보니 내 몸은 어느새 갯바위 근처까지 와 있었다. 갯바위라니. 조류가 심하고 리프도 있어 평소에도 위험하니까 웬만

하면 이쪽에서는 타지 말라고 선배들이 신신당부했던 곳이었다. 거센 조류 때문에 제자리에 갇혀서 허우적거리느라 체력은 완전히 고갈되기 일보 직전. 보드를 끌어당겨 봐도 소용없었다. 끝나지 않을 것만 같은 파도가 더 빨리 밀려와 나를 덮쳤다. 이러다가 정말 죽을지도 모른다는 공포심이 일자 더욱 숨이 가빠졌다. 저 멀리 라인업에 있는 친구들이 다른 세계의 존재들처럼 보였다. 언니, 오빠들… 동생들… 그동안 즐거웠어….

지금에서야 이렇게 농도 섞어 글을 쓸 수 있게 되었지만, 사실 그때 상황을 돌이켜 떠올리는 것만으로도 심장이 빠르게 뛸 만큼 무서운 순간이었다. 결국 상황이 심상치 않음을 감지한 현석 오빠가 달려와 자신의 리쉬를 내 쪽으로 던져 주었고, 패들을 할 힘도 없던 나는 그 생명줄을 붙잡고 겨우 빠져나올 수 있었다.

해변에 도착한 나는 다리에 힘이 풀려 그대로 주저앉았다. 앉아서도 한참이나 공황 상태에 빠져 심호흡을 하면서 몸과 마음을 가라앉히고 있는데, 오빠가 이렇게 말했다.

"니 내한테 목숨 하나 빚진 기다."

나를 달래려고 가볍게 건넨 말이었겠지만, 나는 진심을 담아 고개를 끄덕이며 굳게 맹세했다. 앞으로 현석 오빠에게 충성을 다하기로.

'안전'과 '바다'는 결코 붙어 다닐 수 없는 단어라서, 바다에서 방심은 절대 금물이다. 사고는 찰나의 순간에 일어난다.

서핑 트립

대회에 출견하다

1년 365일 연중무휴로 운영하는 서핑숍도 있지만, 남스웰은 보통 늦봄부터 초가을 정도까지만 들어오기 때문에 남해의 서핑숍은 10월에 영업을 마친다. 시즌 오프를 앞두고 트립으로 종종 놀러 가곤 했던 옆 동네 거제의 서핑숍 사장님과 남해의 서핑숍 사장님이 합심하여 친선 서핑대회를 열기로 했다.

수능 때도 무지 떨어서 평소보다 낮은 점수를 받은 나. 그 후 시험, 대회라는 이름으로 실력을 겨루는 일을 극도로 꺼리게 되었는데 이건 좀 고민이 되었다. 출전하는 사람들 대부분이 아는 얼굴이고, '친선' 대회라고 하니 그냥 재미로, 부담 없이 참가해 봐도 좋을 것 같았다.

무엇보다도 비기너 부문과 오픈 부문으로 나뉘어 경기가 진행되는 점이 내게는 큰 메리트였다. 통상

'비기너'는 입문 2년 차 미만으로 보기 때문에 3년 차부터는 '오픈' 경기에 출전하는 것이 양심적으로 맞다. 물론 내년에도 실력은 여전히 비기너겠지만, 나는 올해가 아니면 비기너 경기에 나가기 어렵게 되는 셈이었다.

우리만의 리그인데 결과가 무슨 상관이냐며 일단 무조건 나가라는 서핑숍 친구들의 성화에 결국 출전 명단에 이름을 올렸다. 이왕 참여하는 거 더 재밌게 해 보자고, 두 숍의 사장님이 각자 상품도 걸었다. 나는 상장을 만드는 데 조촐한 재능을 보탰다.

2023년 9월 24일 아침 8시, 거제 흥남해변. 친선 대회이지만 그래도 거제 출신 서퍼들과 남해 출신 서퍼들의 자존심을 건 시합이 펼쳐질 결전의 날이 다가왔다. 먼저 비기너 통합 경기가 진행되었다. 제한 시간은 20분. 20분 안에 자유롭게 라이딩을 하고 그중 가장 잘 탄 라이딩을 비교해 베스트 롱라이딩(가장 라이딩을 오래 한 사람), 베스트 퍼포먼스(가장 화려한 기술을 성공한 사람), 베스트 와이프 아웃(가장 역동적으로 기술을 실패한 사람) 수상자를 결정한다.

멀리서도 쉽게 선수를 식별하기 위해 색색의 조끼가 배부되었다. 여섯 명 남짓의 선수들이 주섬주섬 조끼를 골라 입었다. 나는 파란색 조끼를 골랐다. 뭔가 바다색이니까 행운을 가져다줄 것만 같았다. 조끼를 입으니 갑자기 현실 감각이 덮쳐 오며 '대회는 대회구나' 하는 생각에 조금 긴장이 되었다.

거제에서 서핑한 경험이 제법 되는데, 그날따라 거친 파도를 뚫느라 라인업이 평소보다 멀게 느껴졌다. 모두가 우왕좌왕 보드를 붙잡고 헤매고 있었다. 그러거나 말거나 기운 넘치는 세트는 짓궂고도 해맑게 밀려와 우리를 공평하게 밀어냈다. 힘들게 라인업에 들어와 보니 상황은 오히려 좋았다. 나보다 잘 타는 사람들은 죄다 밖에서 관전 중이고, 라인업은 평소보다 한적하니 약간의 용기가 생겼다.

20분의 시간이 어떻게 흘러갔을까. 다만 평소보다 더 열심히 패들을 했고, 좋은 파도가 오면 남에게 양보하지 않고 최대한 시도했다. 첫 번째 파도는 비교적 빨리 테이크 오프에 성공했지만 제대로 라이딩을 못 하고 바로 끝나 버렸다. 심판을 보는 산해가 시간이 얼마 남지 않았다고 해변에서 수신호를 보냈다. 다음에는 무조건 성공해야 한다. 다시 라인업에 돌아오자, 차피하긴 하지만 적당한 컬과 두께를 가진 파도가 오고 있었다. 저건 타야 해! 이번에 실패하면 끝이다. 절박한 마음이 통했는지 두 번째 파도는 내게 다정하게 곁을 내주었고, 사이드 라이딩으로 끝까지 함께해 주었다.

오픈 경기까지 마치고 선수, 심판, 관객 할 것 없이 모두 모여 찍은 단체 사진에는 피부는 까무잡잡해도 그늘이라고는 도무지 찾아볼 수 없는 서퍼들이 신난 얼굴을 하고 있었다. 머리부터 발끝까지 홀딱 젖은 사람들이 말간 표정으로 해맑게 웃고 있는 귀한 사진.

그래서 비기너 경기의 결과는? 쑥스럽지만 베스트 퍼포먼스 상을 받았다. 내가 만든 상장을 들고 사진도 찍고, 리쉬 선물도 받고, 뒤풀이로 거제 사장님의 특제 요리인 항아리 삼겹살에 와인도 마시며 즐거운 시간을 보냈다.

다른 지역으로 트립을 다니면 늘 새로운 바다와 파도에 긴장하고, 쓸데없이 눈치 보면서 신경 쓰기 바빠 제대로 파도를 타 본 적이 별로 없었다. 남해가 아닌 곳에서 이렇게 안전하고 즐겁게 서핑을 한 적은 거제가 유일하다. 정말 안 왔으면 큰일 날 뻔한 트립이었다.

3장

언제 어디서나
서퍼로 사는 기술

사이드 라이딩 🌊

좋아하는 것을 더 오래 하기 위한 방법

'사이드 라이딩'은 파도의 경사면을 타며 파도가 부서지는 사선 방향으로 나아가는 라이딩 기술이다. 라인업에 있는 서퍼를 기준으로, 해변을 바라보고 오른쪽으로 가면 '라이트 파도를 탄다'고 하고, 왼쪽으로 가면 '레프트 파도를 탄다'고 한다. 파도의 진행 방향과 일치되게 직진하는 라이딩에 비해 사이드 라이딩은 직관적으로 라이딩 길이가 더 길기도 하고, 부서지는 파도의 힘을 계속 받으며 나아가기 때문에 라이딩을 오래 이어갈 수 있다. 파도를 배경 삼아 멋진 라이딩 사진을 얻을 수 있다는 점도 빼놓을 수 없는 장점. 다시 말해 사이드 라이딩은 좋아하는 것을 더 오래 하기 위한 방법으로 만들어진 기술이다.

　사실 다른 모든 서핑의 기술들도 파도를 더 오래, 즐겁게 타기 위해 고안된 것이지만, 사이드 라이딩은 대부분의 서퍼가 직진 이후 처음 배우게 되는 라이딩 기술이라는 점에서 조금 각별하다. 사이드 라이딩을 할 수 있다는 말은 서핑의 기본 동작인 패들링-푸시업-스탠드업에 이르는 테이크 오프 3단계를 어느 정도 완성했다는 뜻이다. 즉, 이제 서핑 기초는 뗐다는 말과 일맥상통한다.

사이드 라이딩까지 가는 길은 역시나 평탄하지 않았다. 우선 사이드 라이딩을 제대로 하기 위해서는 '길이 나는 파도'를 볼 줄 아는 안목이 필요했다. 스웰이 어쩌고 쇼어가 저쩌고 하더니, 길은 또 무엇이냐. 이것을 이해하려면 파도를 부위별로 들여다볼 필요가 있다.

그러니까 '길이 나는 파도'란 피크와 숄더의 높낮이가 확실한 파도라고 말할 수 있다. 여기서 숄더의 길이가 길면 길수록 좋고, 결과적으로 이런 파도는 한 번에 깨지지 않고 한쪽으로 촤라라락- 아름답게 부서진다. 표현력이 부족해 이렇게밖에 설명할 길이 없는데, 그래도 이미지가 잘 떠오르지 않는다면 포털 사이트나 유튜브에 'A frame 파도'나 '파도 공장'이라고 검색해 보길('클로즈 아웃 파도'나 '덤프 파도'도 검색해 함께 비교해 봐도 좋겠다). 영상으로 보면 바로 차이를 알게 될 것이다.

보드를 업그레이드하면서 부력이 낮고 컨트롤이 어려운 에폭시 보드에 이제 좀 적응되었다 싶으니 곧 시선을 옆으로 하고 보드를 돌려 보라는 선배들의 응원이 쏟아졌다. 관심과 격려는 고마웠지만, 테이크 오프도 겨우 하는 나에게는 너무 과분한 주문이었다. 잘 모를 때에는 그저 옆으로 보드가 돌아가 있기만 하면 사이드 라이딩이 되는 줄 알았는데, 그것도 아니었다. 앞서 설명했듯이 사이드 라이딩은 파도의 '면'에 보드의 레일을 올려놓고 타야 하는데, 짧디짧게 찍힌 영상에서의 나는 주야장천 파도의 바닥인 '바텀'에서만 놀고 있는 게 아닌가.

남해의 경우 길이 나지 않고 한 번에 부서지는 덤프성 파도가 잦기 때문에 사이드 라이딩을 하기가 더욱 쉽지 않았다. 길이 좋은 파도도 빠르게 깨지는 편이어서 패들부터 재빠르게 해서 파도를 일찍 잡아야 한다

피크Peak
파도의 꼭대기.
가장 먼저 깨지는 부분

숄더Shoulder
아직 깨지지 않은 파도의
언덕을 이루는 부분

립Lip
파도가 깨지기 시작하는 부분

튜브Tube 혹은 배럴Barrel
큰 파도가 깨지며 생기는
터널 같은 부분
(국내에서는 보기 어려움)

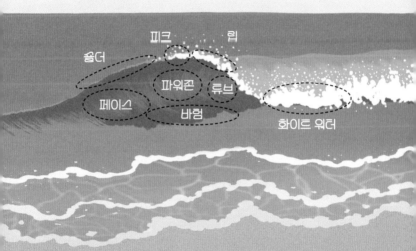

파워존Power zone
파도의 힘이 가장 강한 부분

**화이트 워터White water
혹은 수프Soup**
파도가 모두 깨져서 하얀
거품이 되는 부분

페이스Face
파도가 올라오면서 생기는
경사면. 대부분의 기술이
여기서 이뤄짐

바텀/탑Bottom/Top
면의 가장 아랫부분/윗부분

고, 산해가 별거 아닌 일처럼 말했다.

"누나, 테이크 오프랑 사이드 라이딩을 안정적으로 하려면 파도를 얼리 캐치 해야 해."

얼리 캐치? 그게 뭔데? 파도 일찍 잡는 그거, 어떻게 하는 건데…. 파도를 빨리 잡으려면 패들부터 다시 해야 했다. 돌고 돌아 패들이구나. 결국 패들이 전부구나. 친구들이 왜 그렇게 패들을 강조했는지 새삼 한번 더 깨달았다.

여전히 얼리 캐치는 잘 못하지만, 그래도 몇 번의 사이드 라이딩을 성공했던 감각만은 확실히 기억하고 있다. 단언컨대 첫 사이드 라이딩을 했을 때는 첫 테이크 오프에 성공했을 때만큼 짜릿했다. 직진 라이딩이 파도의 면을 따라 미끄러져 내려오는 느낌이었다면, 사이드 라이딩은 (기분 탓이 아니라) 정말로 파도가 등 뒤에서 나를 밀어 주고 있다는 것이 느껴졌다.

시간이 돈이고 금인 자본주의 사회에서 우리는 늘 목적지까지 가장 빠른 길, 가장 효율적인 방식을 우선순위에 놓도록 강요받는다. 남해에 오기 전까지, 서핑을 배우기 전까지 나 역시도 그랬다. 언제나 빠르고 편한 방식의 라이프 스타일을 선호했고, 효율적으로 맡은 일을 해내기 위해 갖은 애를 썼다. 효율과는 영 동떨어진 스포츠인 서핑을 배우며 완전히 다른 사람이 되었지만.

사이드 라이딩을 하고 나면 기분이 째져서인지 혹은 실제로 파도를 가르며 타기 때문인지, 서퍼들은 '사이드 라이딩을 한다'보다 '사이드 짼다'라는 은어적 표현을 더 많이 쓴다. 좋아하는 일을 오래 지속하기 위해 때로는 옆길로 샐 줄도 알아야 한다는 것. 앞만 보고 직진하기보다 돌아갈 줄도 아는 여유를 가져 보는 것. 그게 때로는 더 어렵지만 폼 나는 길이라는 것. 전부 사이드 라이딩을 하며 배웠다고 하면 너무 낯간지러울까? 모처럼 사이드가 잘 째져서 기분도 째지는, 한 서퍼의 시적 허용이라고 생각해 주면 좋겠다.

드랍 ⌇

드랍 하기 vs. 드랍 당하기

'드랍'. 정식 용어로 '드롭 인Drop in'은 피크에서 먼저 테이크 오프를 해 파도 우선권을 갖고 있는 서퍼 앞에 끼어들어 파도를 타는 행위를 말한다. 앞서 '서퍼들의 에티켓'에서 설명한 '원 웨이브, 원 서퍼', 즉 '한 파도에는 한 명의 서퍼만 탄다'는 규칙을 어기는, 일종의 새치기라고 볼 수 있다. 드랍은 만국 공통으로 적용되는 규칙이며, 종종 서퍼들 간 싸움으로까지 번지기도 할 만큼 예민한 문제이기에 꼭 기억해 두고 조심해야 한다.

앞만 보기에도 바쁜 초보 서퍼들은 드랍을 하고 싶어도 하기가 어렵다. 생각해 보라. 직진도 겨우 하는 초보 운전자가 갑자기 끼어들기를 할 수 있겠는가? 속도를 내기(테이크 오프)도 쉽지 않으니 비상 깜빡이 켜고 라인업에 둥둥 떠 있을 수밖에. 어쩌다 파도를 잡았다고 해도 그들에게 주변을 살필 여유 따위는 없다. 자기가 드랍을 하고 있다는 사실도 모른 채 그저 웃을 뿐이다. 지식의 4단계로 보면 첫 단계, 그러니까 '내가 뭘 모르는지도 모르는 상태'인 것이다(왜 이렇게 잘 아느냐 물으신다면, 저도 알고 싶지 않았습니다만…).

나의 경우 지금보다 더 초보였을 시절에는 라이딩 성공 횟수 자체가 희박하니 어쩌다가 드랍을 해도 대부분 선배들이 그러려니 하고 배려해 주는 편이었다. 심지어 어떤 너그러운 선배는 드랍을 적극 권장하기도 했다. 아, 당연히 실패할 거로 생각해서 그랬으려나? 아무튼, 자신이 패들을 하고 있는데 내가 옆에서 어쭙잖게 패들을 해 볼까 말까 눈치 보고 있으면 "같이 가, 가, 가!" 하며 등을 밀어 주었다.

드랍의 개념을 알고 주변을 살필 한 치의 여유가 생기고 나서부터 다른 사람들이 먼저 패들을 시작하면 되도록 양보를 하게 되었다. 만에 하나 드랍을 해서 민폐를 끼치게 되는 것도 원치 않았고, 무엇보다 옆 사람과 한 파도를 두고 경쟁하고 싶지 않았다. 라인업에서 경쟁은 당연한 건데, 한적한 남해에서만 서핑하다 보니 어느 순간 나는 늘 파도를 양보하는 사람이 되어 있었다.

양보와 경쟁의 딜레마 속에서 고민하고 있을 때 "초보일 때는 철판 깔고 무조건 열심히 타야 한다"고 현석 오빠가 용기를 북돋아 주었다. "다들 드랍 하면서 배우는 거다, 드랍 하면 죄송하다고 사과하면 된다"고 산해도 옆에서 거들었다. 덕분에 나는 다시 욕심을 내 보기로 했다. 하지만 '드랍을 해 보자!'로 마음을 바꿔 먹어도 성공하기란 쉽지 않았다. 운이 좋으면 가끔 파티 웨이브('한 파도에는 한 명'의 룰과 별개로, 서프 버디 혹은 친한 사람들 여러 명이 한 파도를 나눠 타는 것)에 초대받았고, 파도를 양보받는 것에 익숙해지면서 테이크 오프 성공 횟수도 점차 늘어 갔다.

사이드 라이딩을 할 줄 알게 되면서 이제 막 자신감이 올라오고 있을 때, 라인업에 돌아오자 산해가 "누나 이제 드랍 안 봐 드립니다~"라면서 칭찬을 건네 왔다. 그 말인즉, 서퍼로서 한 단계 레벨업을 했다는 뜻이었다. 기쁨과 염려의 마음이 동시에 들면서, 이제부터는 정말 다른 사람의 파도를 드랍 하지 않도록 조심해야겠다고 다짐했다. 그리고 얼마 안 가 드디어 내게도 드랍을 당하는 순간이 찾아왔다.

그날따라 파도가 참 좋았다. 바람도 없고, 무릎과 허벅지 사이 누구나 즐기기 좋은 크기의 파도가 들어와 라인업에 유독 사람이 많은 날이었다. 파도를 잡아 안정적으로 사이드 라이딩을 시작했는데, 갑자기 앞에서 누군가가 패들을 하고 있는 게 보였다. 저, 여기 사람 있는데요?! 보드 컨트롤이 미숙한 나는 그 사람과 부딪힐까 무서워 바로 넘어졌다. 오랜만에 잘 탄 파도였는데, 왠지 억울한 마음이 들어서 라인업에 돌아와서도 한동안 기분이 울렁였다. 개구리 올챙이 적 생각못 한다더니, 지금 딱 내 꼴이었다. 이내 생각을 고쳐먹었다. 그래도 내가 드랍을 하는 것보다는 당하는 쪽이 훨씬 낫다.

바다의 생명력과 포용력은 어머니와 닮았다고 해서

'어머니 바다Mother Ocean'라고 불린다. 바다의 너른 품에서 자연과 하나 되어 하는 운동인 만큼, 서로를 존중하고 배려하는 태도로 서핑에 임하면 좋겠다. 아이 한 명을 키우는 데 온 마을이 필요하듯, 서퍼 한 명을 키우는 데도 라인업에 있는 모두의 도움이 필요하다.

노끄 라이딩 〜ⁱ

언제 밟아 볼 수 있을까

보드의 종류는 파도의 크기나 즐기고자 하는 서핑 스타일에 따라 숏보드부터 롱보드까지 매우 다양하다. 한국에서는 대부분 체험 강습이 롱보드를 기준으로 이뤄지고(개인적으로 숏보드가 롱보드보다 훨씬 어렵다고 생각한다) 숏보드를 탈 수 있는 스폿도 많지 않기 때문에 롱보드 서퍼들이 대부분인 것 같다.

사이드 라이딩을 배우고 나자, 그다음 스텝이 궁금해졌다(아직 안정적으로 기술을 하지도 못하면서 김칫국부터 마시는 거… 한국 사람이라면 다 그런 거 아닌가요?). 서핑 기술 역시 보드에 따라 크게 두 가지 스타일로 나뉜다. 주로 숏보더들이 선보이는 퍼포먼스 기술과 롱보더들이 구사하는 클래식 기술. 더 자세히 들어가면, 업 다운, 바텀 턴(카빙 턴), 컷백, 튜브 라이딩, 로깅 등 내가 (글로만 배워) 알고 있는 것만 해도 다양한 기술이 있는데, 그중에서도 자연스레 눈이 가는 것이 있었다. 바로, 노즈 라이딩.

'노즈 라이딩'은 보드 위를 걸어가는 로깅을 통해 노즈, 그러니까 보드 제일 앞부분에서 라이딩을 하는 기술로, 롱보드의 꽃이라 불린다. 노즈에 발가락을 몇 개 거느냐에 따라 행파이브(한 발)와 행텐(두 발)으로 나뉜다.

잠시만, 행텐이라고? 어릴 적 나는 별로 선호하지 않았으나(미안해요 행텐 사랑해요 행텐) 엄마가 종종 사 오곤 했던 바로 그 의류 브랜드? 설마⋯ 눈을 의심하며 검색해 보았다. 검은 발자국 두 개가 나란히 놓인 로고와 함께, 행텐은 여전히 건재했다. '모든 세대가 일상 속에서 즐길 수 있는 아메리칸 캘리포니아 캐주얼룩'을 표방하면서. 서핑 성지 캘리포니아에서 온 브랜드였던 것이다.

롱보드 기술 중 가장 고급 기술이어서 관심이 간 것도 사실이지만, 파도의 방향에 역행하지 않고 자연의 힘을 그대로 느끼며 한 발씩 걸어 나간다는 점이 마음에 쏙 들었다. 좋아, 오늘부터 내 장래 희망은 노즈 라이딩 하는 할머니다!

　보는 눈은 한껏 높아졌어도, 아직은 보드 위에서 발을 떼기는커녕 두 발을 제대로 붙이고 서 있기도 버거운 게 현실이다. 롱보드치고는 짧은 편이라는 9.4ft(약 2.8m) 내 보드의 노즈만 보아도 다른 차원으로 가는 길인 것처럼 아득히 멀게만 느껴지는데, 저기까지 뚜벅뚜벅 걸어가서 발가락을 거는 사람들이 존재하다니. 노즈 끝에 서서 파도를 응시하며 무아의 경지에 다다른 사람들을 보고 있노라면, 동경심을 넘어서 약간의 성스러운 느낌까지 든다.

　행'원One'이라도 해 보고 싶은 내게 노즈 라이딩은 앞으로도 오랫동안 요원한 꿈의 라이딩이겠지만, 이 자리를 빌려 각오를 다지려 한다. 꾸준히 실패하더라도 포기하지 않고 계속해서 노즈를 향해 걸음마를 떼 보겠다고. 언제가 될지 모를 그날이 올 때까지 서핑에 대한 열정을 놓지 않겠다고.

풀아웃

마무리의 기술

아무리 기다려도 파도가 오지 않을 때, 누가 누가 더 서핑하고 싶은지 하소연 배틀을 하기도 지칠 때, 그럴 때 하는 일이 있다. 유튜브를 켜서 영상을 찾아보는 것. 정적인 안정감을 원할 때는 파도 소리 ASMR 영상을, 역동감을 원할 때는 월드 서프 리그wsl 대회나 올림픽 영상을 찾아본다. 보드를 자유자재로 다루며 파도를 가르는 선수들을 보고 있으면 저절로 대리 만족이 되는… 나는야 방구석 서퍼.

방구석 서퍼라도 대회 영상을 반복해서 보다 보니 심사 기준이 어떻게 되는지, 그래서 점수가 얼마나 나올지 어렴풋이 보이기 시작했다. 점수에 영향을 주는 큰 요소 중 하나는 '마무리'였다. 역동적인 턴과 에어리얼(공중으로 뛰어오르는 기술)을 구사하고, 보드 위에서 춤추듯 발을 놀리며 화려한 기술을 선보여도 파도를 끝까지 타지 못하거나 마지막에 넘어지면 처참하게 낮은 점수가 나왔다. (당연한 이야기지만) 마무리까지 라이딩에 포함되는 것이었다.

선수들은 다양한 마무리 기술을 사용하는데, 그나마 초보자가 제일 접근하기 쉬운 기술이 '풀아웃'이라고 보면 될 것 같다. '풀아웃'은 의도적으로 파도 뒤쪽으로 보드를 빼내서 파도를 빠져나오는 기술이다. 파도가 부서질 때까지 라이딩을 하지 않고 조금 일찍 마무리해서 빠르게 라인업으로 돌아오고 싶을 때, 혹은 다른 서퍼와의 접촉을 신속하게 피해야 할 때 사용한다. 나는 아직도 라이딩을 제대로 마무리하지 못하고 뒤로 넘어지거나 화이트 워터 끝까지 가서는 신난다고 폴짝 뛰어내리곤 한다(원래 이러면 안 된다. 수심이 낮은 곳에서 폴짝 뛰어내렸다가 발목을 다치는 경우도 있기 때문에).

잘 안되어도 일단 뒷발에 무게를 실어서 보드를 돌려 보라는 현석 오빠의 말에 나는 오늘도 작아질 뿐. 내 몸 컨트롤도 잘 안되는데 보드 컨트롤은 언제 할 수 있으려나 싶다. 보드 돌리기를 시도할 겨를도 없이, 넘어져서 라이딩을 끝내는 쪽에 이미 익숙진 탓도 있다. 그러다가도 어쩌다 성공한 나의 라이딩 영상을 보면 마무리를 잘하고 싶은 욕심이 생긴다. 아무리 사이드 라이딩을 잘 째도 마지막에 엉덩방아를 찧으며 넘어지면 아무래도 덜 멋져 보이기 때문이다. 모든 일에는 마무리가 중요하다는 이치를 다시금 깨닫는다.

한편으로 나의 서핑 라이프는 어떻게 마무리될지도 궁금하다. 무언가를 순수하게 좋아하는 마음은 나를 어디까지 데려갈 수 있을까. 그 마음을 원동력 삼아 나는 어디까지 갈 수 있을까. 글을 쓰고 책과 함께하는 삶, 바다를 곁에 두고 서핑을 즐기는 삶이 결국에는 나를 어디에 데려다 놓을지 궁금해진다.

궁극적으로 인생의 곳곳에서 크고 거센 파도들을 만나더라도, 잘 빠져나오는 기술을 가진 서퍼가 되고 싶다. 그렇게 당도한 곳이 어느 외딴섬 혹은 막다른 곳이더라도, 모두 스스로의 선택에 따른 결과이니 기꺼이 받아들이고 즐기겠다는 마음이다.

베이스캠프

언제 와도 마음이 편해지는 곳

전신 슈트를 입고 서핑을 하는 것조차 큰 용기가 필요했던 나에게, 서핑하는 친구들과 친해지기까지는 상당한 시간이 소요되었다. 그래도 시간이 약이라고, 물밥을 함께 먹은 시간이 쌓일수록 반가운 얼굴들도 늘어 갔다. 특히 서핑숍 '말라끼 서프' 친구들과의 친밀감은 제법이나 두터워졌다.

현석 사장님은 새까만 피부와 딴딴한 몸, 짙은 짱구 눈썹에 강한 사투리 말투로 첫인상은 투박해 보이지만 누구보다 너그럽고 마음이 넓은 사람이다. 분리수거나 음식물 쓰레기 처리 등 숍의 궂은일을 도맡아 솔선수범하고, 한 번 온 손님이든 단골이든 라인업에 있는 누구에게나 자신이 아는 서핑 지식을 나누고 가르쳐 준다.

산해는 나의 서핑 선생님이자 숍의 수석 코치다. 현

존하는 남해 1등 로컬 서퍼로, 아직 한 번도 대회에 출전한 적이 없는 은둔 고수다. 산해 부모님은 이름도 어떻게 자연에 있는 것들로만 예쁘게 지어 주셨을까? 그래서인지 산해는 서핑을 포함해 물질, 낚시 등 물에서 하는 모든 것에 특출난 재능이 있다. 제자들의 실력 향상을 위해서라면 아낌없이 사랑의 잔소리(그러나 영 듣기 싫지만은 않은)를 퍼붓는 쾌활하고 천진난만한 친구다.

정화는 숍에 오는 손님 모두를 살뜰하게 챙기고 유쾌한 에너지를 전해 주는 일타 강사님이면서 나의 알코올 메이트이자 서핑 단짝이다. 나를 포함해 대부분 서퍼들은 레귤러 스탠스(왼발을 진행 방향 앞에 놓고 타는 자세)인데, 정화는 구피 스탠스(오른발을 진행 방향 앞에 놓고 타는 자세)로 탄다. 그래서 프런트 사이드(몸의 정면이 파도를 향하고 있는 상태) 진행 방향이 다르기 때문에 사이좋게 파도를 나눠 탈 수 있다. 둘 다 라이딩에 성공했을 때의 얘기라서 아직까지 자주 연출된 적은 없고, 물론 실패하는 건 언제나 내

쪽이지만… 진행 방향이 겹치지 않는다는 사실만으로도 같은 파도를 잡으려 할 때 얼마나 마음이 편한지. 흥이 많고 끼도 많고 사랑도 넘치는 정화. 라인업 안과 밖에서 나를 가장 많이 웃겨 주는 그녀와 함께라면 어떤 파도에도 입수할 용기가 생긴다.

누구보다도 서핑에 진심인 이 친구들 덕분에 서핑 트립도 즐겁게 다녀올 수 있었다. 혼자 갔다면 누릴 수 없었을 많은 편의와 도움을 받았고, 생전 처음 가보는 서핑 포인트에서도 용기 내 입수할 수 있었다. 그러는 사이 나는 이제 웬만한 스태프 저리 가라 할 만큼 서핑숍의 일에 녹아들었다. '말라끼 서프' 전속 디자이너 정화 옆에서 포스터와 리플릿 제작 일을 돕기도 하고, 모두 강습에 나가면 숍대기(숍에 대기하며 손님을 맞이하는 스태프)를 자처할 때도 있다. 손님 사이즈에 맞는 슈트를 척척 내주거나 수건을 챙겨 드리기도 하고, 샤워실을 마지막으로 사용할 때는 간이 청소도 하고 나온다.

태풍 예보가 있어서 보드를 안전한 곳으로 옮겨야

하거나, 건물 외벽에 페인트 또는 스테인을 칠해야 하는 등 대대적인 이벤트가 있는 날에는 시간을 맞춰 손을 보태기도 한다. 아무도 없어 잠겨 있는 숍의 문을 우리 집 비밀번호보다 능숙하게 누르고 들어가는 스스로를 발견했을 땐 흠칫 놀랄 수밖에 없었다. '나 스탭 다 됐네!' 어느새 나에게 '말라끼 서프'는 남해에서 가장 마음 편한 곳이 되어 있었다.

매해 시즌권을 결제하거나 자기 보드를 숍에 보관해 놓고 파도가 있을 때마다 찾아오는 단골 서퍼들과도 자연스럽게 안면을 텄다. 반갑게 인사 나눌 수 있는 친구들이 늘어나면서, 파도가 있으나 없으나 언제와도 마음 편한 이곳이 더 소중해졌다. 남해에 하나뿐이어서 더 소중한 서퍼들의 베이스캠프.

남해에서 지낸 지도 어느덧 8년 차에 접어들었지만 어딜 가도 '남해 사람 아니지요?'라는 말을 듣곤 한다. 그럴 때마다 '나는 남해 사는 서울 사람인가?' '그렇다고 서울 사람이라 하기엔 촌스러운데?' '로컬이란 뭐지?' 같은 생각을 종종 했다. 남편 따라 남해로 와 30

년을 살았지만, 자기는 아직도 남해 사람이 아니라던 어떤 분의 말씀이 불현듯 떠올랐다. 농담이라기엔 다소 무거운 그 말속에 켜켜이 쌓여 있을 응어리진 마음을, 나는 감히 짐작할 수 없었다.

그에 비하면 남해 바다는 한결 너그러운 것 같다. 남해에 살고, 남해에서 서핑을 하면 남해 로컬 서퍼가 된다. 사실 로컬이니 아니니 따질 것도 없다. 바다에는 누구든 품어 주는 너그러움이 있으니까. 바다에서 만나면 모두 금세 벽을 허물고 친구가 될 수 있다. 고향도, 나이도, 성별도, 직업도, 서핑 앞에서는 '다름'이 문제가 되지 않는다. 모두가 아이 같은 얼굴을 하고서는 진지하게 서핑에 임할 뿐이다.

부드러운 송정 바다와 그 곁에 위치한 '말라끼 서프'. 책방을 접고 남해를 떠나고자 했을 때 나를 꽉 잡아 준 이 소중한 베이스캠프에서, 사랑하는 친구들과 오래도록 함께 서핑을 하고 싶다.

셰프 비디
'맛있게'를 외치는 마음

산해, 정화와 함께 낮에는 바닷물을 마시고 밤에는 소주와 맥주를 들이켜며 베이스캠프에서 보낸 무수한 시간이 흘렀다. 이제는 어디 가서 "나 서핑숍 친구들이랑 친해"라고 당당하게(?) 말할 수 있을 정도가 되었는데도 여전히 궁금한 것이 하나 있었다.

  "말라끼!"

  라인업에 둥둥 떠서 파도를 기다리는데, 갑자기 너나 할 것 없이 휘파람을 불며 이렇게 소리 지르는 게 아닌가. 창세기 출애굽기 레위기 할 때 말라기 아니고 말라'끼'. 이게 도대체 무슨 말이야. 혹시 내가 모르는 신조어가 또 나온 건가? 아니면 파도를 부르는 신종 주문인가? 왠지 모르게 부끄러우니까 퇴수 후에 물어봐야지, 하다가 맨날 까먹고 집에 돌아오길 수차례 반복했다. 답답함을 참을 수 없어 초록색 창에 검색해 봐도 성경에 대한 내용만 나올 뿐이어서 궁금함은 더욱 커져만 갔다. 도무지 종잡을 수 없었던 외계어 같은 말 뜻은 이러했다.

필리핀 타갈로그어인 '말라끼Malaki'는 '크다'는 뜻으로, 큰 파도가 올 때 외치는 말이다. 다른 지역 서퍼들은 어떤지 모르겠지만, 남해에서는 큰 세트가 올 때 말라끼를 외치며 입으로 각양각색의 소리를 낸다. 파도의 크기에 따라 억양과 고함의 크기도 조금씩 다르다는 점이 흥미로운데, 다음과 같이 분석해 보았다.

- (휘파람을 불며) "말라끼~" : 좋은 파도가 와서 신난다는 뜻
- (패들을 하며) "말라끼!!!!!!" : 초보가 탈 수 있을 정도의 파도를 넘어섰으니 얼른 안전한 쪽으로 빠지고, 이건 내가 타겠다는 뜻
- (목에 핏대를 세우고 다급하게 패들을 하며) "말─라─ 끼──!!!!!" : 무지 큰 귀신 세트가 오고 있으니까 모두 도망치라는 뜻

큰 파도가 좋아서 무조건 말라끼를 연호하는 (산해 같은) 친구들도 있지만, 모두가 한입으로 말라끼를 외칠 때는 좀 더 안전한 아웃사이드로 패들을 하라는 뜻이 담겨 있다. 초보들이 라인업에서 넋 놓고 있다가 큰 파도에 통돌이를 당하면 위험하니까.

저기 큰 파도가 와요, 안전한 곳으로 가요, 우리.

말라끼는 모든 서퍼의 안녕을 바라는 마음으로 외치는 일종의 비상 신호다. 몇 번의 '말라끼' 파도를 몸소 경험하고 나자 서프 버디들이 외치던 이 말이, 낯설게만 느껴졌던 이 말이 퍽 다정하게 들리기 시작했다.

물속에서 하는 다이빙 같은 스포츠에는 안전을 위해 꼭 두 명이 함께 짝을 지어 입수하는 버디 시스템이 있다. 서핑은 물 위에서 하는 스포츠라 항상 버디가 필요한 것은 아니지만, 날씨가 좋지 않거나 파도가 클 때는 혹시 모를 상황에 대비해 함께 입수하기를 권장한다. 혼자 있는 것보다 모르는 사이여도 라인업에 누구라도 함께 있는 것이 정서적 안정감을 얻는 데도, 편안한 서핑을 하는 데도 도움이 된다. 그리고 무엇보

다도 서핑은 혼자 할 때보다 함께 할 때 훨씬 더 즐겁다. 서로를 주시하고, 자세도 봐 주고, 못 타면 비웃으며 놀려 주고, 신나게 말라끼도 외치면서, 우리는 시나브로 서프 버디가 된다.

굳이 따로 약속을 잡지 않아도 괜찮은 사이. 파도가 있는 날, 바다로 가면 자연스럽게 만날 수 있는 사이. 물속에서는 반갑게 인사하다가도 물 밖으로 나가면 약간 어색해져서, 너무나 멀끔해진 모습으로 마주치면 '누구였더라, 어디서 많이 봤는데…?' 하며 뒤통수를 긁적이게 되는 사이. 그러다가 서로를 알아보는 순간 택배 기사님을 반길 때보다 더 환한 미소로 인사 나누는 사이.

서핑이라는 하나의 공통 관심사만으로 느슨하지만 단단하게 연결된 우리. 서프 버디 모두의 안녕을 바라며, 나도 마음속으로 조용히 따라 해 본다. 말라끼-!

시즌 아웃 ⏝
아픔보다 슬픔

2023년 7월 14일. 책방보다 바다에 먼저 출근한, 평소와 같은 금요일이었다. 파도는 크지 않았지만 바람이 적지 않게 불어서 풍랑주의보가 발효된 상황. 하필이면 광주에서 친구들이 서핑하러 놀러 오는 날이어서, 걱정되는 마음에 정찰(?) 겸 내가 먼저 입수 신고서를 쓰고 들어가 보기로 했다(지금 생각해 보니 기가 막히네… 초보 주제에 누가 누굴 걱정한담?).

라인업에 들어서자 바다는 전혀 다른 얼굴을 하고 있었다. 거센 조류와 심한 울렁임에 보드에 앉아 있기도 어려웠다. 지저분한 파도는 테이크 오프 할 시간도 주지 않고 한 번에 깨져 버렸다. 전형적인 덤프 파도였다. 바람도 점점 거세지는 것이 영 심상치 않았다. 입수한 지 30분 만에 나가야겠다 싶어 해변을 향해 패들을 하다가 임팩트 존에서 큰 파도를 만났다.

정신없이 파도에 말리는 중에 기어코 사고가 났다. '이제 바로 튀어 오르는 실수(초많실 2)는 하지 않지!' 하며 머리부터 감쌌는데, 딱딱하고 뭉툭한 무언가가 거센 물길과 함께 왼손을 강타했다. 순간적으로 망했다는 느낌이 왔다. 그동안 한 번도 경험해 본 적 없는 강도의 타격이었다. 물 위로 나오니 곧바로 올라오는 부기와 불타는 듯한 통증에 눈물이 줄줄 흘렀다. 겨우 정신을 붙잡고 한 손으로 보드를 질질 끌며 해변으로 나왔다. 보드를 아무렇게나 버려 두고 상처를 살펴보니 엄지와 검지 사이 손등 부분이 복사뼈만큼 튀어나와 있었다. 죽 찢어진 부분에서는 피도 나고 있었는데, 부기가 너무 심해 밖으로 흐르지 못하고 있는 것처럼 보였다. 보드에 부딪힌 건 줄로만 알았는데, 이제 보니 핀 때문에 생긴 상처였다. 첫 핀빵을 이렇게 당하다니, 일말의 여지없는 시즌 아웃이구나…. 진짜로 망했다는 확신이 들었다.

당장 병원에 갈 수 없는 상황이라 일단 바다보건소에서 응급 처치를 받고 다음 날 병원 1에 갔다. X-ray

결과 뼈는 문제없지만, 피가 멈추고 부기가 가라앉을 때까지 절대 손을 쓰지 말라며 통깁스를 해 주셨다. 만약 손이 아니라 머리에 타격을 받았다면? 상상만으로도 끔찍했다. 이 와중에도 초반의 극렬한 고통이 어느 정도 가시자 아픔보다 슬픔이 크게 느껴졌다. 올여름 서핑은 물 건너갔구나….

한편으로는 머리를 안 다쳐서 정말 다행이라고, 그래도 왼손이라서 다행이라고 스스로를 위로하면서, 기약 없는 한 손 생활이 시작됐다. 우선 버클이나 단추가 달린 옷은 입기 어려워 안 그래도 얼마 없는 생활복이 두세 벌로 추려졌다. 빨래를 갤 수 없어서 마른 옷은 바닥에 대충 던져 놓고 시장에서 쇼핑하듯 주워 입었다. 요리도 할 수가 없으니 부득이하게 끼니는 엄마의 손을 빌렸다. 엄마가 1인분씩 소분해서 냉동한 밥과 국과 반찬을 한 아름 보내 주면 나는 그것을 전자레인지에 데워 먹었다. 그마저도 여의찮을 때는 편의점 간편식으로 때웠다. 머리를 감거나 샤워를 하는 고급 기술은 최소화해서 썼고, 청소를 하고 쓰레기를 정리하는 것도 쉽지 않아서 집은 점점 엉망이 됐다.

치아의 튼튼함과 팔꿈치의 요긴함 그리고 가랑이의 안정감에 기대어 생활을 이어 갔다. 기본적인 일상을 지키는 것만으로도 벅찬 시간이니 책 읽기, 손톱 깎기, 고양이 양치시키기처럼 양손으로 정교하게 해야 하는 일은 포기했다. 가장 문제는 원고 마감이었다. 한 손으로 겨우 하는 타이핑에는 당최 속도가 붙지 않았다. 마감 일정을 좀 미루더라도 약속은 지켜야 했기에 노트북의 음성 인식 받아쓰기의 도움을 받아 어떻게든 썼다. IT 기술의 발전에 놀라고, 그럼에도 따라갈 수 없는 한글의 위대함에 한 번 더 놀라면서 말이다.

깁스 2주 차. 꽤 긴 시간이 흐른 것 같은데 기존 병원에서는 회복하는 데 얼마나 걸릴지, 물리치료는 언제부터 받아야 하는지, 완치는 가능한지 무엇 하나 속 시원히 말해 주지 않았다. 혹시 영영 엄지를 제대로 못 쓰게 되는 것은 아닐까. 서핑은 다시 할 수 있을까. 서핑이고 자시고 머리나 개운하게 박박 감고 손톱도 좀 시원하게 깎고 싶은데…. 답답한 마음에 새로운 병원 검색에 들어갔다.

날을 잡고 정형외과 전문이라는 더 큰 병원 2에 가서 MRI를 찍었다. 결과가 나오길 한참 기다린 뒤에야 원장님을 만났다. 병원 1에서는 깁스를 풀고 바로 물리치료를 하라고 했는데, 여기서는 최소 6주는 깁스를 해야 한다고 했다. 엄지가 한 번 다치면 낫는 데 오래 걸린다는 말도 덧붙이셨다.

앞으로 한 달은 더 깁스를 해야 한다는 선고가 내려지자 오히려 마음이 편해졌다. 조바심 낸다고 빨리 낫는 것도 아니니, 한 손으로도 할 수 있는 일을 찾아보는 기회로 삼기로 했다.

깁스 4주 차. 다행히 왼손의 상태가 많이 호전되었다. 반깁스 보호대로 바꾸면서 네 손가락을 움직일 수 있게 되어 잠시 기뻤으나, 엄지가 고정인 이상 앙꼬 없는 찐빵이었다. 엄지손가락이 왜 엄지인지 절절히 깨닫는 요즘, 그래도 이제는 한 손 생활이 익숙해져서 운전도 제법 잘하고, 깁스 보호대를 지지대 삼아 요모조모 써먹을 줄도 안다.

오늘은 한 손으로 바지 버클 잠그기에 처음으로 성공했다. 그게 뭐라고 눈물이 찔끔 날 정도로 기쁜지. 이것이 오늘의 나에겐 최선이니 만족하며 다독이기로 한다. 남들과 비교하지 않고, 과거의 나와도 비교하지 않고.

'서퍼'라는 정체성
어디서나 파도는 친다

서핑을 한 시간 한다고 하면 그중 파도 위에 서 있는 시간은 얼마나 될까? 내 경우에는 파도 열 개 중에 서너 개 정도 잡을 수 있고, 보통 라이딩 시간이 2~3초 안팎이니까… 대략 6초에서 12초 사이가 된다. 다시 환산해 보면 1/600에서 1/300시간 사이, 지극히 짧은 시간이다. 서퍼들은 그 시간을 위해 기꺼이 수백 배에 달하는 시간을 기다리고, 수천 배에 달하는 시간을 투자한다.

두 달 가까이 왼손을 옥죄고 있던 깁스를 풀고 나자 가을이 성큼 다가와 있었다. 두께가 확연히 달라진 왼쪽 엄지를 부지런히 움직여 대부분의 일상생활을 할 수 있게 되었을 때는 겨울 초입쯤이었던 것 같다. 이렇게 허무하게 한 시즌이 끝나 버렸다는 사실에 조금 울적했다. 남쪽에서는 겨울 서핑을 즐기기가 쉽지 않아서, 동면하듯 숨죽이고 있다가 테이크 오프 하는 법을 까먹지 않을 정도로만 간신히 서핑을 하며 겨울을 버텼다.

서핑을 하게 되면서 여름이 채 끝나기도 전에 다음 여름을 그리워하는 몹쓸 습관이 생겼다. 가을부터 기온이 내려가면 내 기분도 함께 가라앉기 시작해, 어느새 패딩을 꺼내 입을 때가 되면 따뜻했던 여름이 그리워 목이 빠질 지경이 된다. 원래도 계절을 많이 타는 편이었는데, 이제는 완전히 계절과 한 몸이 된 것 같다.

그러나 서퍼라는 정체성을 가지게 되었다고 한들 여름만 기다리며 나머지 계절을, 바다 밖에서의 무수한 시간을 그냥 흘려보낼 수는 없는 노릇이다. 나에겐 지켜야 할 책방이 있고, 시시때때로 주어지는 외주 업무가 있으며, 책임져야 할 네 마리의 고양이도 있으니까.

그래도 어쩐지 아쉬워서 마음 한편 작은 바다를 만들었다. 당장 몸을 바다로 데려갈 수는 없으니, 마음이라도 잠시 숨통을 돌릴 수 있도록. 아무리 먹고사는 일에 급급해도, 매일 그날의 임무들을 정신없이 쳐내기에 바쁘더라도, 어디서든 자기만의 바다를 가지고 있다면 한 줌의 낭만은 지켜 낼 수 있다. 언제나 선선한 날씨에 부드러운 파도가 밀려오는 곳. 일에 치일 때면 잠시 눈을 감고 그곳에서 파도 잡는 상상을 한다. 온전히 휴식할 수 있는 그 바다에서 헤엄도 치고, 파도도 타고, 잠수도 해 보고, 소리도 한바탕 지르면서 스스로에게 숨 쉴 틈을 만들어 준다. 파도를 기다리는 모든 순간이 서핑의 일부라고 믿으면서.

내게는 서핑이 그런 시간을 선물해 주었지만, 누군가에게는 단골 카페에서 즐기는 커피 한 잔이나 한강에서 즐기는 맥주 한 잔이 될 수도 있겠다. 또 다른 누군가에게는 퇴근 후 가족 혹은 반려동물과 함께 보내는 단란한 시간이 될 수도 있다. 떠올리기만 해도 기분 좋아지는, 사소하지만 아주 중요한 그런 기쁨을 기민하게 알아챌 여유가 당신에게도 있다면 좋겠다. 그렇게 자신에게 환기의 시간을 선물하면 좋겠다.

겨울을 지나오면서 2개월간 내리 쉬었던 달리기를 다시 시작했다. 욕심내지 않고 아주 천천히 3km를 달렸다. 공기는 아직 차가웠으나 몸은 이내 데워져 땀이 송골송골 났다. 마지막 스퍼트까지 해내고 트랙을 두어 바퀴 더 돌며 땀을 식히는데, 불어오는 바람이 상쾌해서 나도 모르게 소리 내 웃었다. 멋지게 라이딩을 끝내고 해변에 가뿐히 내려앉은 기분이었다.

편한 자세로 책을 읽고, 머릿속에 떠오르는 생각을 바로바로 타이핑하기만 해도 좋겠다고 바라던 때가 있었다. 서핑은 바라지도 않으니 집 앞에서 마음 편하게 산책이라도 할 수만 있다면 좋겠다고 바라던 한 때가.

바라든 바라지 않든, 시간은 그저 정직하게 흐를 뿐이다. 계절은 돌고 돌아 이제 봄도 거의 다 지나갔다. 이름처럼 짧은 봄이 지나면… 곧 손꼽아 기다리던 여름이다.

에필로그

내일은 내일의 파도가 온다

영화 〈비포 선라이즈〉의 주인공 셀린이 기차에서 만나 첫눈에 반한 제시에게 사랑에 대해 이야기하는 장면을 몹시 좋아한다.

"난 상대에 대해 완전히 알게 될 때 진정으로 사랑에 빠질 수 있다고 생각해. 그 사람이 가르마를 어떻게 타는지, 이런 날은 어떤 셔츠를 입는지, 이런 상황에선 정확히 어떤 얘기를 할지 알게 되면 난 그때야 비로소 그 사람을 사랑하게 되는 것 같거든."

서핑 그리고 송정을 떠올려 보면, 나 역시 고개가 끄덕여진다. 아는 것이 점점 더 많아질수록 애정도 절로 깊어지니 말이다. 서핑을 배운 이래로 책방과 집을 포함해 내가 다니는 모든 공간을 통틀어 가장 많은 시간을 보낸 곳이 바로 여기, 송정이었다. 아무래도 집을 이쪽으로 옮겨야 하지 않을까 고민하던 차에, 현석 오빠의 고마운 제안으로 책방의 두 번째 공간을 송정에서 꾸리게 되었다.

원래 1인 출판사를 내면 쓰려고 했던 이름 '남쪽계절'을 여기에 붙이고, 바다와 여름 그리고 서핑에 관련된 책과 상품들을 가져다 놓았다. 나에게는 파도를 기다리며 글을 쓰는 작업실이기도 해서, 이 책의 원고도 이곳에서 마무리 지었다. 이웃집 강아지 '사랑이'와 '메리', 아기 고양이 '모히또'는 송정 입주를 가장 먼저 반겨 준 친구들로, 원고가 막힐 때마다 치명적인 귀여움으로 힘을 북돋아 주었다(사랑이와 메리는 너무 똑같이 생겨서 이름을 알기 전까지 똑순이, 같순이로 불렀는데, 사실 아직 이 이름이 더 친숙하다).

허구한 날 글이 안 써진다고 머리를 쥐어뜯다 오는 나에게 '말라끼 서프' 식구들은 잘하고 있다는 응원과 함께 언제나 맛있는 밥상(때로는 술상)을 차려 주었다. 머리가 꽉 막혀 도저히 글이 써지지 않을 때면 산해, 정화를 따라나섰다. 낚시도 해 보고, 물질도 하고, 노을과 별똥별을 보고, 야광충을 찾아 밤의 해변을 걸

으며 함께 시간을 보낸 덕분에 끝까지 지치지 않고 마감을 할 수 있었다.

남해 곳곳에 있는 몽돌해변을 거닐다 보면 남해처럼 잔잔한 파도에도 힘이 있다는 것을 실감한다. 삐죽삐죽 모난 돌들을 둥글고 반질반질한 모양의 몽돌로 만들어 주는 부드러운 힘. 조금 더디더라도 오랜 시간 계속해서 파도를 맞다 보면, 자주 뾰족해지는 나의 마음도 조금은 동글동글해지지 않을까. 부디 그렇기를 기대하며, 오늘도 바다에 간다.

부푼 마음을 안고 간 바다에서 기대보다 작은 파도를 만나더라도, 혹은 파도를 잘 타지 못했더라도 괜찮다. 내일은 내일의 파도가 오니까. 그 파도는 남해처럼 잔잔할 수도, 동해처럼 거셀 수도 있다. 크게 상관은 없다. 잔잔한 날에는 잔잔한 대로 좋고, 거센 날은 도전적인 서핑을 할 수 있어서 좋다. 어떤 파도의 모습도 받아들이겠다는 서퍼의 마음가짐으로 내일을 기대한다. 파도는 결코 멈추는 법이 없다. 내일도, 모레도 쉬지 않고 온다.

‘샤카Shaka’는 엄지와 약지를 뺀 손가락을 접어 흔드는 서퍼들의 손 인사다. 하와이 인사인 ‘알로하Aloha’를 뜻하는 제스처이자 ‘잘했어!’(칭찬), ‘다 잘될 거야!’(응원), ‘고마워요!’(감사) 등 여러 긍정적인 의미로 다양하게 쓰인다. 라인업에서는 서로의 목소리가 잘 들리지 않을 때가 많아 ‘샤카’로 인사를 대신하곤 한다.

　우리가 같은 파도 앞에서 만나게 될 날을 손꼽아 기다린다. 그날이 오면 쑥스러워도 먼저 반갑게 인사를 건네고 싶다. 손을 번쩍 들고, 힘껏 ‘샤카!’를 외치면서.

서핑, 별게 다 행복

1판 1쇄 인쇄 2024년 7월 25일
1판 1쇄 발행 2024년 8월 5일

지은이 박수진
펴낸이 김성구

책임편집 조은아
콘텐츠본부 고혁 김초록 이은주
디자인 이영민
마케팅부 송영우 김지희 김나연 강소희
제작 어찬
관리 안웅기

펴낸곳 (주)샘터사
등록 2001년 10월 15일 제1-2923호
주소 서울시 종로구 창경궁로35길 26 2층 (03076)
전화 1877-8941 | 팩스 02-3672-1873
이메일 book@isamtoh.com | 홈페이지 www.isamtoh.com

ISBN 978-89-464-2283-4 03810

• 값은 뒤표지에 있습니다.
• 잘못 만들어진 책은 구입처에서 교환해 드립니다.

샘터 1% 나눔실천
샘터는 모든 책 인세의 1%를 '샘물통장' 기금으로 조성하여 매년 소외된 이웃에게
기부하고 있습니다. 2023년까지 약 1억 1,200만 원을 기부하였으며, 앞으로도 샘터는
책을 통해 1% 나눔실천을 계속할 것입니다.